TOON TELLEGEN

Het verlangen van de egel

ハリネズミの願い

トーン・テレヘン

長山さき 訳

新潮社

ハリネズミの願い

HET VERLANGEN VAN DE EGEL
by
Toon Tellegen

First Japanese edition published in 2016 by Shinchosha Company
Japanese translation rights arranged with
EM Querido's Uitgeverij B. V., Amsterdam
through Tuttle-Mori Agency, Inc., Tokyo.

Nederlands letterenfonds
dutch foundation
for literature

This book was published with the support of the
Dutch Foundation for Literature.

Illustrations by Daisuke Soshiki
Design by Shinchosha Book Design Division

I

秋のおわりが近づいてきたある日、ハリネズミは窓辺にすわり、外を見ていた。

ハリネズミはひとりぼっちだった。訪ねてくるものはだれもいないし、偶然だれかが通りかかり、（ああ、ここにハリネズミが住んでるんだったっけ）と思ってドアをたたいても、ハリネズミは寝ているか、あまりにも長くためらってからドアを開けるものだから、そのだれかは通りすぎてしまっているのだった。

ハリネズミは鼻を窓に押し当てて、目をぎゅっとつぶって、自分の知っているどうぶつたちのことを考えた。みんなしょっちゅう、たがいの家を訪ねあっていた。だれの誕生日でもなく、祝うことがなにもなくても。ぼくがみんなを招待したとしたら……と考えてみた。

いままでだれも招待したことがないのだ。

ハリネズミは目を開けて、後頭部のハリのあいだを掻き、しばらく考えてから手紙を書きはじめた。

親愛なるどうぶつたちへ
ぼくの家にあそびに来るよう、
キミたちみんなを招待します。

ハリネズミはペンを嚙み、また後頭部を掻き、そのあとに書き足した。

でも、だれも来なくてもだいじょうぶです。

ハリネズミは眉をしかめた。
この手紙を読んだら、ほんとうはだれにも来てほしくないんじゃないか、とみんな思うのではないだろうか？　あるいは、ハリネズミの気が変わるまえに急いで行かなくちゃ、あいつはすぐ気が変わるんだから、と思うかもしれない。
どうしよう、とハリネズミは考えた。
手紙を戸棚の引き出しにしまうと、首をふって思った。送るのはやめておこう……いまはまだ。

2

いまはまだ。ハリネズミはまた窓辺にすわってそのふたつの言葉について考えた。〈いまは〉と〈まだ〉。

ふたつの言葉が頭のなかで踊っているように感じられた。〈いまは〉はときどき不安げにまわりを見まわしていた。〈まだ〉は規則正しいステップを踏んでまわっていた。

ハリネズミは目を閉じた。そのほうが言葉たちの姿がよく見えると思ったのだ。〈まだ〉が〈いまは〉を抱き、〈いまは〉がしなだれかかっていた。まるでおたがいのことにしか関心がないように見えた。

だがそこで突然、ドアが開き、べつのだれかが入ってきた。〈当分〉だ、とハリネズミは思った。〈当分〉の背中でひらついているコートに見覚えがあった。

〈当分〉が〈いまは〉と〈まだ〉のほうに歩み寄り、あいだに割り込んでいっしょに踊りはじめた。

ハリネズミはためいきをついた。突然、ほかのなにかも入ってきたような気がしたのだ。なにか目に見えないもの。なにか、存在すると同時に存在しないものが。

〈ありえない〉だ、とハリネズミは思った。〈ありえない〉は目に見えないはずだ。

しばらくすると〈当分〉が出ていき、〈ずっと〉が入ってきた。分厚い、綿入りの冬のコートを着て、帽子をかぶった〈ずっと〉も、〈いまは〉と〈まだ〉のあいだに割りこんできた。

ハリネズミは心臓が高鳴るのを感じた。まるで言葉たちがハリネズミの考えを突き破り、踊りながらこちらに迫ってくるようだった。自分になにかを求め、自分となにかをしようとしているようだったが、それがなんなのかはわからなかった。

〈いまは〉〈まだ〉〈ずっと〉はともにテーブルの上に飛びのってダンスをつづけた。しだいに速く、しだいに荒々しく。ハリネズミは見ていられなくなってきた。頭のなかで目を閉じてから実際に目を開けようと思った瞬間、〈ずっと〉が突然、姿を消した。

〈いまは〉と〈まだ〉はテーブルを下りて、どうしていいかわからず床にとどまっていた。おたがいを見る目は（どうする？　まだ踊る？）と言っているようだった。〈いまは〉は眉を上げて踊りたい意思を示したが、〈まだ〉は首を横に振った。

騒がしい音が聞こえ、ふたたびドアが開いて〈一度〉と〈も〉が入ってきた。陽気に跳びはね、きゃっきゃっと声を上げていた。どちらもヘンな赤い羽根を頭につけていた。

〈一度〉と〈も〉が〈いまは〉と〈まだ〉をつかまえると、その瞬間、ドンチャン騒ぎはやみ、みんなはしずかに踊りはじめた。

ハリネズミの部屋は暗くなっていた。

〈いまはまだ一度も〉、とハリネズミは思った。

踊っている言葉たちが突然、輝かしく見えた。そのまま踊りつづけて、とハリネズミは思った。ずっと踊りつづけているといい。言葉たちのうしろは果てしなく真っ暗闇なのだから。

3

これじゃあ、まるでゲームだ——ハリネズミはそう思い、目を開けた。ゲームはおしまい。訪問はゲームではないのだ。

ベッドに横になると、戸棚の引き出しにしまった手紙のことを考えた。

もしかしたらみんな、来られないと書いてよこすかもしれない。きっとそれぞれ理由があるだろう。

何十通もの手紙が、ドアの下からなかに吹き寄せてくるようすが早くも目に浮かんだ。ハリネズミは一通ずつ拾いあげて読んだ。

「もしぼくが行くとしたら、三段のハチミツケーキを出してほしい。砂糖がまぶしてあって生クリームが噴きだす噴水つきで、その上にはフォンダンが空みたいにかぶさっているケーキ。でもぼくは行かないと思う」

「キミのところに行ったばかりだが、ドアを開けてくれなかったね。窓からキミがさっとベッドの下に隠れるのが見えたよ」

「呼んでくれてありがとう！　キミの家にあそびにいけるなんて！　なんて楽しいんだ！　手紙を読んだとき、ジャンプして喜びました！　ハリネズミの招待……でもぼくは行きません」

「たぶん行かないと思います。まだ理由はわからないけれど」

「頭のなかでうかがいます」

「行かないけど、元気でね」

　ハリネズミはためいきをついた。もちろんだれも来ないのだ。

　手紙をベッドの横の床に置くと、仰向けに寝た。ホッとしたような、悲しいような気持ちだった。孤独は、ハリのようにぼくの一部なのだと思った。ハリのかわりに翼をもっていたら、ぼくはこれほど孤独ではないだろう。どこにでも飛んでいけたら、なにかを強く望む必要もないだろう。

　寝ようとしたがうまくいかなかった。もしかしたら、みんな来るかもしれない——そんな気もしていた。

　ハリネズミは身震いし、起き上がって紅茶を淹れた。自分自身のために、二つのカップに。

4

紅茶を飲み終わると引き出しから手紙を出して読み返してみた。

もしかしたら明日、みんなが訪ねてくるかもしれない。みんないっせいに。明日の朝早く。

ハリネズミは寒気がして、手紙を置いた。どうぶつたちがこちらに向かってくるのが聞こえるようだった。森が興奮で震えていた。

みんなが玄関の前で押しあいへしあいしてさけんでいた。「ハリネズミ！　来たよ！　お客さんだよ！　招待してくれてありがとう！　みんな来てるよ！　だれも欠けてないよ！」

みんなが強引にドアを押しあけて入ってきた。ほとんどのどうぶつは歩くか飛ぶか這うかしていたが、カワカマスとコイ、そしてしばらくして入ってきたクジラとサメはこの機会に連れてきた高潮に乗り、泳いでいた。

「なんて楽しいんだ、ハリネズミ！」みんながさけんでいた。「紅茶もある？　ケーキは？」

紅茶を淹れるには客の数が多すぎた。ケーキのほうはかなり日のたった小さなものが一つあるだけだった。ハリネズミは肩をすくめて困ったようすをしていた。

「だいじょうぶだよ」とみんなが口々に言った。「ぼくたち、踊るから」肩を組んで歌いはじめた。「ぼくたちはお客さん、ハリネズミのお客さん。みんなそろって、紅茶はいらない」そうしてテーブルのまわりを踊るのだった。

「でもキミたち、ぼくのことが怖くないの？」ハリネズミはそうたずねると、ハリをなるべくまっすぐに逆立てた。

「怖くないよ」みんながさけんだ。「うれしすぎて怖がってなんかいられないんだ」

すぐにどうぶつたちは踊りながら床を突きぬけて下に落ちた。その穴からモグラとミミズが這い出してきて、自分たちもあそびに来たんだとさけんだ。泥のケーキを手みやげにもってきていた。何年も腐らないが、すぐに食べてもかまわないとのことだった。

「だれがこんなことを予想しただろう？」という声が上がった。

ぼくじゃない、とハリネズミは思った。そっと外に出ると家の裏手にある灌木の茂みにもぐりこんだ。

しばらくするとどうぶつたちは踊るのをやめた。ハリネズミがいないことに気づいたのだ。

「ハリネズミ！　ハリネズミ！」みんながさけんでいた。

その声は森のはるかむこうにまで届いたので、ほかのどうぶつに後れをとらないよう、ラクダとシロアリまで砂漠から駆けつけた。

だがハリネズミは、いっそう深く茂みに姿を隠してしまった……。

頭を振って〈キミたちみんなを〉を〈キミたちのなかのだれかひとりを〉に変え、〈だれか〉の前に〈せいぜい〉もつけたして、手紙を読み返した。

5

いや、とハリネズミは思った。これではまだみんなが同時に来てしまうかもしれない。ペンの先を噛みながらしばらく考えていた。手紙を送らなければだれも来ることはないのだ。それはまちがいない。招待状なしにふらっと立ち寄るどうぶつはいないはずだ。

ハリネズミのひたいに深いしわが寄った。それはどうぶつたちが自分のことを恐れているということだと思ったのだ。ただ口に出して言う勇気がないだけだ。みんな、ぼくのハリに畏怖の念を抱いているんだ。たがいにばったり会ったときには、なにがあってもぼくのところにだけは行かないと言いあっているにちがいない。

「だれの家でも訪ねていくけど、ハリネズミの家にだけは行かないよ」

「ぼくもだ」

「あのハリといったら……」

「ああ、あの恐ろしいハリは……」

「なんでハリネズミにはハリがついているか知ってる？」

「いや、知らない」

「ぼくたちを怖がらせるためなんだ」

「ほんとうに？」

「ああ」

ハリネズミは手紙を置いた。

みんなの言うとおりだ。ぼくはみんなを怖がらせる。身震いすると、ハリが左右に揺れた。なんだか体のなかでだれかが走りまわってあちこち揺さぶり、外に出ようとしているような感じだった。でもぼくは残酷などうぶつなんかじゃない！　とハリネズミは思った。

ドアを開けて外に出て、つま先立ちをしてさけびたい衝動にかられた。「どうぶつたち！　ぼくだよ！　ハリネズミ！　ぼくはとってもやさしいんだ！　脅かしたりしないから！」

そうしたらみんな、ハッと気づいてさけびかえすだろう。「ハリネズミ！　キミの言うとおりだ！　キミはだれのことも脅かしたりしない！　キミにはそんなことできやしない！　キミほどやさしいどうぶつをぼくたちはほかに知らない。キミが招待してくれたら、ぼくたちみんなで訪ねていくよ。キミのハリなんてどうってことないから……」

ひたいのハリのすきまにいっそう深いしわができたのを感じて、ハリネズミは手紙のおわりに脚注としてこう書き足した。

ぼくのハリなんて、どうってことないものです。

ペンを噛みながら長いあいだ考えたすえ、ハリネズミは手紙を戸棚の引き出しにもどした。ぼくのハリはどうってことないものなんかじゃない、と考えていた。ぼくのハリはすごいものなんだ。

ぼく以上に、とハリネズミはうなずいて思った。

6

もしかしたらいま、どうぶつたちはおたがいの家を訪問しあっているのかもしれない――しばらくしてハリネズミは考えた。おたがいにこうたずねあっているかもしれない。「ところで近々、ハリネズミの家にあそびに行く予定はある？」

「いや、ないよ。キミは？」

「ぼくもない。招待されてないからね」

「ぼくもだ」

「残念だよね」

「ああ、とっても残念だ」

「招待されたら行くのにな」

「ぼくも」

「ハリネズミしだいだよね」

「ああ。あいつがぼくたちを招待しないなら、ぼくたちのほうでも招待しないよね」

「そういうことだ」

　どうぶつたちは肩をすくめた。いま、この瞬間に。森のあらゆる場所、海、砂漠、雲のむこうで。みんながたがいを訪ねあっていた。ぼく以外のみんなが。たがいに踊りながらぼくの話をして、肩をすくめているんだ。

　ハリネズミはとても悲しい気持ちになって外に出て、どこかからパーティーのざわめきが聞こえてこないか、耳をそばだてた。

　でも森のなかはしずまりかえっていた。はるか遠くでゾウが木から落ちる音がした。もう少し手前ではカエルが出せない音を出そうとケロケロ鳴いていた。どうぶつたちがパーティーをしたり、たがいを訪ねあっている気配はどこにも感じられなかった。

そこでハリネズミは考えた。あらゆる訪問に終わりがきて、今日から禁止されたのかもしれない、と。

巨大な看板を想像してみた。

本日より訪問をおこなうことは厳重に禁ずる

あるいは、

本日より訪問を受けることは厳重に禁ずる

これからはだれもだれかの家を訪ねることはなく、手紙を書くだけになるかもしれない。それもしだいに回数が減り、短くなっていくのだ。

こんにちは、ハリネズミ。

これだけだよ。

あるいは、

こんにちは、ハエ。

ぼく

そのほかにはなにも書かれていない。

そうなればとにかくハリネズミがだれかを招待する必要もなくなるわけだ。

遠くでどうぶつたちがためいきをつく音が聞こえたような気がして、耳をそばだてた。みんなとても悲しんでいるのだ。おたがいを訪ねあい、手紙を送りあうのがなによりの楽しみだったからだ。

だが禁止は禁止だ。

どうしようか？　と考えたハリネズミは戸棚の引き出しから手紙を出して、二度、読み返し、自分のつま先を見て考え、また手紙をしまった。

どうしたらいいかわからない、と思ったのだ。

7

ハリネズミは戸棚の前に立ち、手紙のことを考えて首をふった。だがそのすぐあとに意見を変え、うなずき、それからまた首をふり、すぐにまたうなずいた。

それが一日に百回、繰り返される日もあった。ぼくの意見は、変わるのが大好きで、ぼくの言うことなど聞こうともしない。

咳ばらいをしてまっすぐにすわり、こちらが誘えばきっと来るであろう顔見知りのどうぶつたちについて考えてみた。

たとえばカミキリムシ……ハリネズミは後頭部をかいた。

いや、ぼくの思いちがいで、カミキリムシはきっと来ないだろう。手紙を読んでいやな気分になるにちがいない。だれかが自分になにかを求めているなんて。カミキリムシはきっと返事を書いてよこすだろう。

親愛なるハリネズミ、

ぼくはキミのところに行きません。
キミはおそらくぼくになにかを望んでいるのでしょう。
ハリを取ってもらうとか、
頭に二本、ツノをつけてもらうとか（だれもが頭に二本、
ツノをほしがるものだから）、
あるいは二度とガサガサ音がしないようにするとか、
歌えるようにするとか。
あるいはそのすべてを同時にかなえるとか。
自分のままでいたらどうでしょう？
孤独で、なににも確信がもてなくて、少し不幸かもしれない。
でも、少し幸福でもあるのでは？
自分を訪ねてくるどうぶつたちを頭のなかでつくりだしてみるといい。
そのどうぶつたちと話をし、踊り、キミって思っていたより
ずっと親切なんだね、と言わせればいいでしょう？

カミキリムシ

きっとそう書いてあるにちがいない、とハリネズミは思った。

またうなずくと、カミキリムシに返事を書きはじめた。

親愛なるカミキリムシ、

手紙をありがとう。

キミの言うとおりです。ぼくはそのなにもかもを望んでいます。訪ねてくるどうぶつたちを頭のなかでつくりだし、自分のままでいることにします。

ハリネズミ

十回も書きなおして、そのたびになにかを削っているうちに、さいごには真っ白になってしまった。

べつにかまわない、とハリネズミは思った。どっちにしてもカミキリムシは来ないのだから。唯一、ぜったいに来ないとわかっているのがカミキリムシだった。

でもハリネズミはカミキリムシが唯一のお客さんで、自分はカミキリムシになにも望まず、ただいっしょにお茶を飲み、なにも言わずにうなずきあい、カミキリムシが帰っていくことを求めていたのだ。

窓辺に行き、外を眺めた。頭のなかでは、どうぶつたちがあらゆるところからこちらに向かってきていた。「ハリネズミ！　ハリネズミ！　ぼくたち、あそびにいくよ！　招待してくれてありがとう！」とさけびながら。

「ぼくはいないよ！」ほんとうはそうさけびたかったのに、ハリネズミは「まってるよ！」とさけんでいた。

8

カタツムリとカメ——とハリネズミは思い、テーブルにむかってすわった。招待したらきっとあそびに来ようとしてくれるだろう。

そのようすが目に浮かんだ。

「行こう」とカメが言った。ピカピカに磨きたてた甲羅が、日差しを浴びて輝き、木々のてっぺんに反射していた。

だがカタツムリは首をふって言った。「いまは都合が悪い」

「明日は？」

「明日も無理だね」

「いつなら行ける？」

カタツムリは二本のツノをゆらゆら揺らしながら考えてから、「ずっと」と言った。

「ずっと都合が悪い」よくよく考えてみれば、あらゆることがつねに都合が悪かった。

カメは地面を見つめ、頭を甲羅のなかに引っこめた。

「キミはもちろん都合がいいよな」カタツムリがさけんだ。「キミはいつでもなんだって都合がいいんだ。認めろよ！」

カメは完全に甲羅の下に隠れてしまった。

「ほらな！」カタツムリはさけんだ。「そうやって首を引っこめてろよ！　またオレのことを見捨てるんだ。友だちなのによ！」

足があれば地団太を踏みたいところだった。

それからカタツムリは一這い前へ進み、「だったら行くよ！」と言った。

カメも甲羅から顔を出して一歩だけ、前進した。

「キミを満足させるためだけにな。自分がほんとうはナニモノか知ってるのか？」

「いや」

「カメじゃないぞ」

「えっ、ちがうの？」

「ああ、ちがうな。ムリジイだ。おや、あそこを歩いてるのはだれだ？　ムリジイだ。なんて無理強いが得意なんだ！　ほんとうに。ひどいもんだよな、ってな。まるでハリネズミを訪ねるのを一刻も先延ばしにできないみたいじゃないか！　どうせ明日はシロクマのところにでも行くんだろう。あさっては月に住んでるだれかのところか？　つづけざまに招待を受けるんだ。だが、だれかがその被害者になることなんて、考えもしない。相手をせきたてたり、疲労困憊させたり、むしばんだりするのが得意なんだ！　自分では気づいていないんだろう？　ああ、気づいてないさ。キミが考えてるのはたった一つ、自分のことだけだからな。自分がほかにはナニモノか、知ってるか？」

「いや」とカメは言った。

「ジブンカッテだよ。はなはだしいジブンカッテだ」

カタツムリは話しながらもう一這いし、立ち止まった。

疲労困憊していた。ハリネズミの家までの距離はカタツムリの想像力を超えていた。カタツムリはなにもしないことを渇望した。ぼやきながらなにもせずにいたかった。

カメも立ちつくし、冬について考えていた。甲羅のなかの暗闇でとても長く、とても深く眠っていてもいい冬について。

9

ハリネズミは立ち上がり、しばらく部屋のなかを歩きまわってから、ベッドに横になった。

しばらく寝そべっていることに決めた。起き上がったらまた考えはじめ、考えはじめるとまた迷いはじめてしまうからだ。いつもそうなのだ。ハリネズミはためいきをついた。もしかしたらぼくはハリよりも多い〈迷い〉をもっているのかもしれない。わいだ。だがもしかしたら……〈迷い〉は目に見えるもので、ぼく以外の全員が見ているのかもしれない。ハリネズミ……あの〈迷い〉だらけのどうぶつのこと？　ああ、それのことだ。たくさんもってるよなあ！　千個はあるな！　見て、輝いてるよ！　まるで太陽みたいだな！

ハリネズミは目を閉じて思った。ぼくはいつでも迷っているし、ときどき悲しくなるけれど、絶望することはけっしてない。絶望はできないんだ。

絶望しそうになったときには自分のなかで「おい！」という声が聞こえることを、ハリネズミは知っていた。けっしてぶつかってはならないところにぶつかりそうになったときのように。

そこでハリネズミはヒキガエルのことを考えた。またもや激怒しそうになったとしても、ヒキガエルは頭のなかで「おい！」と警告する声を聞くことがないのだろう。

朝早くだった。ドアがノックされたのでハリネズミは「はい」と言った。

ヒキガエルがなかに入ってきた。

「こんにちは、ハリネズミ」

「こんにちは、ヒキガエル」

「あそびに来たよ」

「うれしいな」

ヒキガエルは部屋のなかを見わたした。

いっしょに紅茶を飲み、長いあいだ、なにも言わずに向かいあってすわっていた。紅茶を飲み終わったらヒキガエルは帰っていくかもしれない、とハリネズミは思った。だとすると、不意の客が来たことになるから、今後はもうだれにも訪ねてもらわなくてもかまわない。

ヒキガエルは咳ばらいをして言った。「オレは怒りたいんだよ、ハリネズミ」

「なんで？」とハリネズミは聞いた。

「だれかのところを訪ねたときにはいつもそうなるんだ。怒りはとっても気分のいいものだからな……それにはどんなケーキもかなわない」

けっして怒ることのないハリネズミは黙っていた。

「激怒したいんだ」ヒキガエルはつづけた。「怒りでからだが膨れて破裂するくらい」ヒキガエルはハリネズミを見つめた。「キミがオレを怒らせてくれよ」

「できないよ」ハリネズミは慎重に言った。

「できるさ！」ヒキガエルはさけび、跳びはねた。「オレがキミを訪ねてきたんだろう？　オレはキミの客だよな？　オレはいま怒りたいんだよ！」

「でもぼくはいったいどうすれば……」ハリネズミは言った。

「オレのことをどう思ってるか言えばいいんだよ！　忌まわしい！　愚か者！　醜い！　こんなヤツ、来なければよかった！　こんなヤツ、存在しなければいいのに！　はじまる前からもう冬は台無しだ！　こいつのせいで、ってな！」

ヒキガエルはこぶしをふりまわした。

「でも、そのどれも思っていないから」とハリネズミは言った。

「どれも思ってるんだよ！」ヒキガエルががなりたてた。「思わなきゃダメなんだ！」そのからだはすさまじく膨らみ、深緑色になって、しだいにハリネズミの部屋いっぱいに広がっていった。

「いま！」ヒキガエルが金切り声をあげた。「いま、そう思うんだ！」

「キミは忌まわしいよ……」ハリネズミはそうささやき、目を伏せた。

「なんて？」ヒキガエルがさけんだ。「いまなんて言った？　オレが忌まわしいって？」

それ以上、膨らむことも、いっそう深緑色になることもできず、怒りと満足の入り混じった表情をたたえ、ヒキガエルは破裂した。

ハリネズミは寝がえりを打ち、横向きになった。しばらく寝そべってなにも考えないつもりだったはずなのに、と思った。それはうまくいかなかったということだ。

IO

お客さんに来てもらいたいなら家を改築しなくてはならない——そのときハリネズミは思いついた。

ベッドに寝そべったまま、ヒキガエルのことは忘れ、招待客のための家具を広間に配置することを想像してみた。自分だけが招待されていると思ったみんなが、同時に訪ねてきたときのために。だれもが歩きまわったりすわったりできる広間。部屋の隅にはカワカマスやコイ、トゲウオのように、水のなかから訪問する客用の池をつくろう。

広間の奥には自分専用の部屋をつくろう。そこにはお客は入れない。ドアにさげたボードにはこう書かれている——。

この部屋はぼくだけのものです。

ノックはしないでください。立入禁止。

ハリネズミ

そこに引っこんでいられるのだ。

お客の姿が見えるように、壁に小さな穴をあけよう。

みんなが広間で、こう話しているかもしれない。「ハリネズミはどこだ？　ぼくたち、ハリネズミのところに来たはずだよね？　ここに住んでるんだろう？」

「いや、それがぼくにもよくわからないんだ」

そうしたらハリネズミは、「いま行くよ！」とさけぶだろう。でもなかなか出てこない。ノックの音がしたら、「ちょっと待って！」と言う。

午後の終わりにはお客は帰っていく。ハリネズミの姿を見ないまま帰っていくかもしれない。そうしたら、広々とした広間を自分だけでくるくるまわりながら歩こう。

自分だけでくるくるまわりながら歩く——それがハリネズミのもっともしたいことだった。お客は添え物にすぎなかった。アリはお客を間奏曲《インテルメッツォ》だと言ったことがあった。それも手紙につけ加えるべきかもしれない。

キミたちはぼくの存在におけるインテルメッツォです。

だがどうぶつたちにはインテルメッツォの意味がわからず、ある種の騒音だと勘ちがいして、ラッパや巨大な太鼓をもってくるかもしれない。まだ近くまで来ていないのに、金切り声を上げはじめるかもしれない。

書き足すのはやめ、結局、改築もしないことにした。

みんな、ぼくのことをありのままに受けいれなければならない、とハリネズミは思った。ハリも含めてありのままに。

II

ハリネズミは毛布をかぶって眠ろうとしたが、うまくいかなかった。

突然、サイが頭のなかに浮かんできた。玄関に立ってドアをノックしていた。サイか、と思い、ためいきをついたあと、気をとりなおした。あそびに来たのだ。ぼくがサイを招待したからだ。

「どうぞ入って」とハリネズミは言った。

「こんにちは、ハリネズミ」サイがなかにはいってきた。

「こんにちは、サイ」ハリネズミはサイが訪ねてきてとてもうれしいと言って、すわる場所を示そうとした。お茶を出すからちょっと待ってて、キミはお茶を飲んだら帰るんだろうね、いろいろ予定があるだろうから、キミはいつも予定でいっぱいだからね、とも言いたかったのだが、サイはテーブルのこちら側に来てハリネズミをつかまえ、がばっと抱きしめた。

「いやあ、ビックリしたよ、ハリネズミ」サイは言った。「キミから招待状をもらうとは！　ずっと、一度あそびに来たいと思ってたんだけど、キミがいやだろうと思ってさ……なんせぼくは、いつでもみんなに衝突しては倒してしまうもんだから。どこにでも割りこむし、足も踏んじゃうし……でもそんなにひどくはないんだよ……じゃあ踊ろうか？」

いつものごとく返事を待たずにサイはハリネズミを抱えてまわしはじめた。

ハリネズミは無言でされるがままになっていた。部屋のみならず外にも出て家のまわりを踊り、何度かは宙に放り投げられ、かろうじてサイのツノにぶらさがった。

サイは踊りながら歌い、ハリネズミとともにくりかえし「いてっ」と声を上げた。ハリネズミはハリでサイのおなかを突くし、サイはハリネズミの足を踏んでしまうのだ。

さいごにはたがいの脚がもつれて、大の字になって地面に倒れた。

「楽しかったねえ……」サイがつぶやいた。「踊るのはほんとうに楽しいな！」立ち上がろうとしながら、おなかに刺さったハリを数本抜いた。

ハリネズミは寝そべりつづけていた。からだから抜けずに残っていたハリはどれも折れたり歪んだりしていた。なんとも大変な訪問だと思った。しっかりとした靴を履いておくべきだった。ダンスは踊れないと断るべきだった。先に紅茶を淹れておくべきだった。どこをとっても後悔だらけだった。

「じゃあ、そろそろ行くとするか」サイが言った。

「そう」ハリネズミがささやいた。

「またお客さんに来てほしくなったら連絡してくれよ。そしたらまたいっしょに踊ろう。とてもめずらしいステップをまだいくつか知ってるんだ。じゃあね、ハリネズミ」

12

もう起きるとしよう、と思ったハリネズミはベッドの端にすわった。

すわっていると、理由はわからなかったがクマのことが頭に浮かんできた。不意に玄関から入ってきたクマのことが。

「招待状をもらったから来たんだよ、ハリネズミ」クマはすばやく部屋のなかを見わたした。

「こんにちは、クマ」とハリネズミは言った。

「お茶を淹れてくれるんだろうけど」とクマは言った。「それはいいんだけど、お茶菓子もあるのかな？」

「あるよ」

「なにがある？」

「戸棚のなかを見てみなきゃ。不意のお客さまだから……」

「ぼくが見てみるよ」

クマは戸棚を開け、いちばん上の段にシナノキのハチミツがあるのを見つけた。

「キミがお茶を淹れてるあいだに、まずこれから食べておこうか？」クマはそう言ってビンのふたを開け、舌をつけた。

「いいよ」ハリネズミは紅茶の用意をした。

「ほかには？」紅茶ができるより早くハチミツをたいらげたクマが聞いた。

「ちょっと待って……」ハリネズミは言った。

「なんで？」とクマが聞いた。「自分の家になにがあるかわからないの？　探すのを手伝おうか？」

戸棚のなかのすべての段を見たあとに戸棚の下も覗いてみたが、なにも見つからなかった。

ハリネズミが二つのカップにはいった紅茶をテーブルに置いたとき、クマはベッドの下にもぐって手探りしていた。

「ここにはなにもない」クマは言った。

「うん」ベッドの下になにもしまう習慣のないハリネズミは言った。

這い出てきたクマは部屋のすみを見てから壁を叩いてみた。どこかに秘密の戸棚が隠れていないかチェックするためだった。

「なにもない」さいごにクマは言った。

「うん」ハリネズミは言った。「ほかにはなにも置いてないんだ。あるのは……」

ハリネズミは話すのをやめた。クマがテーブルの上によじのぼってランプのなかをチェックしだしたからだ。そこにビン入りのハチミツかハチミツのケーキ、あるいはなにか特別なものかとてもおいしいものが不意の来客のために隠してあるにちがいないと思ったのだ。だがそこにもなにもなかった。

「もういいよ」と言うとクマはテーブルから下り、肩をすくめ、さいごにもう一度、部屋じゅうを眺めわたした。「べつのだれかのところにあそびに行くよ」クマはそうつぶやくと部屋を出て、森のなかに走り去った。

13

とにかくケーキを焼かなきゃ、とハリネズミは思った。訪ねてくるみんなのためのケーキ。

ハリネズミはうなずいて、まずケーキを焼いてから招待状を送ることに決めた。

あらゆるどうぶつたちがおいしいと思うケーキを考えてみた。どのどうぶつのことも考慮しなくてはならない。

そのためにはハチミツケーキであると同時に泥、生クリーム、オークの樹皮、乾し草、海の泡、オドリコソウ、タチアオイ、スイレン、コケ、その他さまざまなケーキでもあらねばならない。

だれかの特別な好みがつぎつぎと頭のなかに浮かんできた。

ケーキがしだいに大きくなるので、場所の確保のため、テーブルと椅子、戸棚を家の裏手に出すことにした。

でもそれは、細かい砂、塩辛い水、オオバコ、ヤナギの根、粉雪のケーキでもあることが必要だ……。

部屋いっぱいに膨らんだケーキが天井を突き破り、屋根を壊した。窓から外にあふれ、ドアも押しあけた。まだ発酵もしていないのに、とハリネズミは思った。

ケーキの下に立って上を仰ぎ見た。

家のとなりの木々のてっぺんを越え、雲の上までそびえ立ったとき、だれかが訪ねてきてケーキを見、指をさして、「あれはなに？」と聞いているようすを思い浮かべた。

「ケーキだよ」とハリネズミは言った。

「ケーキ?!」とお客がさけび声をあげた。「ケーキは好きじゃないんだ！　ほかのものはなんでも好きだけど、ケーキはごめんだ！」お客は踵《きびす》を返すと激怒して走り去った。「これでおもてなしのつもりかよ！」とさけびながら。

つぎのお客はこう言った。「ケーキは大好物でほかのなによりも好きだけど、泥が入ったのはまっぴらだ！」そのつぎのお客は自分の好きなケーキを百種類も挙げたが、塩水ケーキはそのなかに入っていなかった。

一日中、どうぶつたちが訪ねてきて、ケーキを指をさしてあれはなにかとたずね、後ずさりして帰っていった。あとから訪ねてくるどうぶつに会うとこう言った。「ハリネズミの家に行くの？」

「そうだよ」

「行かないほうがいいよ！　やめときな！　とんでもなくひどいケーキがあるから」

「ほんとうに？」

「ああ。あんなひどいケーキはだれも見たことがないね」

それを聞いたどうぶつたちも踵を返して立ち去った。

ぼくは自分でもおいしいと思うケーキだけを焼くべきなのかもしれない。だれかがそれをおいしいと思わなかったり小さすぎると思ったら、自分で食べればいいんだ。

ハリネズミは深呼吸をして思った。まあ、そのときに考えよう。

そしてうなずき、まずは起き上がろうと思った。

14

ぼくはだれも招待しない――起き上がったハリネズミはそう思った。それがなにより賢明だ。

ハリネズミは足元を見つめた。

でもそうしたらこれからますます孤独になっていくのだろうか？　いま孤独であるよりもずっと孤独に。

自分が深淵に落ちていくさまを想像してみた。しだいに深く落ちていったが、底は見えてこなかった。体がぐるぐると回転し、ハリがぴんと逆立っていた。

〈孤独〉は、ぼくがそうなることを望んでいるのだろうか？

ハリネズミには〈孤独〉の意図がわからなかった。

キミはぼくになにを求めているんだ？　ひどい孤独を感じているとき、暗闇でそうささやいてみることがあった。するとなにか音が聞こえてくるのだった。ときには喉に似たなにかが咳ばらいをする音さえしたが、答えは聞こえてこなかった。

「ぼくは知っちゃダメなの？」ハリネズミはささやいた。

またあの音と喉の咳ばらいが聞こえた。

〈孤独の喉〉だ、とハリネズミは思った。

ベッドの脇に立ち、〈孤独〉がとつぜん消えて、みんなが部屋に押し入ってくるようすを想像してみようとした。いや、それよりもだれかひとりだけがドアを開けて入ってきて、〈孤独〉がその横をすり抜けて外に出るほうがもっといい。

それはきっと度を超えて思いやりのあるやさしいだれかにちがいない、とハリネズミは思った。訪問の際にはかならずブナの実のハチミツをもってくるだれか。

そうしたら、いっしょに紅茶を飲んでいろんな話をするだろう。いっしょに旅をしようと決めて、しばらくたったらやっぱりやめておくことにするだろう。外が薄暗くなってきたのを見ながら、長いあいだだまっていて、ときどきうなずきあい、咳ばらいをするだろう。

そこで〈孤独〉がもどってくるのだ。

「これはなに？」お客はたずねるだろう。

「〈孤独〉だよ」ハリネズミは答えるはずだ。

「ここに住んでるの？」

「いや、住んでいるっていうか、ここにいるんだよ。やって来たり出ていったりするんだ」

「そうか」

そして、まだ紅茶も飲み終わっていないし、たがいにとても大切なことを言いたいと思っていても、どちらもとても孤独に感じるだろう。

「いまとつぜんぼくが感じているのはいったいなんなの？」お客は驚いてたずねるだろう。

「それはぼくの感情なんだ」ハリネズミは小声でつぶやくだろう。

すっかり暗くなっていた。お客は黙ったまま立ち去るだろう。そして〈孤独〉が残るのだ。

15

ハリネズミはひたいに深いしわが寄るのを感じた。

でも、ぼくはほんとうに孤独ではないはずだよな、と思った。自分自身がいるのだから。自分と話したり、自分を見たりできるのだ。自分はいつもいるじゃないか。

立ち上がって鏡の前に立つと、つま先立ちで左右にゆらゆら揺れながら自分を見つめてみた。「こんにちは、自分」と小声で言った。「キミのことが見えるよ。ぼくから隠れることはできないね。キミにはぜったいにできない。でもキミはぼくに秘密をもっている。否定するなよ。顔に書いてあるぞ。その口ときたら……言えよ！　ぼくのなにを知ってるんだ？」

ハリネズミは頭をふった。ほんとうにひとりぼっちだったらこんなことはないはずだ。そうしたら秘密をもつ相手もいないのだから。

自分を真剣に見つめてハリネズミは思った。自分に平手打ちをしてみるべきかもしれない、と。倒れながらさけぶのだ。「自分のせいだぞ！　ああ、キミのことだ！　なんで？　キミが考えてることを教えてくれないからだよ！」もしぼくがハリをもっていなかったら、ほんとうにそうしているところだ。強烈なビンタだ。

ハリネズミはためいきをついて冷笑的に思った。この自分自身というやつが存在しないとしたら……そういうこともあるはずだ。鏡を見たらだれも映っていなかったら……それこそがほんとうのひとりぼっちだ！

身震いをしてベッドの端にすわると、氷のように冷えきってしまった足に毛布をかけた。

自分自身……それはいったいだれなんだ？　〈自分自身〉は疲れていた。おなかもすいていたし、眠りたくもあった。窓から外を見た。〈自分自身〉はハリをもっていて、手紙を書き、みんなを招待していた。

ハリネズミはおでこを平手打ちした。ここに住んでいるのだ。この中に！　自分自身め。ああ、キミのことだ！　いてっ！

それから前かがみになると、慎重に手から一本、ハリを抜いた。

16

ハリネズミはふたたび窓辺に立ち外を眺めた。空は暗く、オークの木にまだ残っていた葉の一枚が枝を離れ、ひらひらと舞い降りた。

明日、だれかひとりだけ訪ねてくることを想像してみた。

ゾウだ。

「こんにちは、ハリネズミ」

「こんにちは、ゾウ」

「あそびに来たよ」

「ようこそ」

ゾウはすわり、ハリネズミは紅茶を淹れた。

「なんの話をしようか？」とゾウが聞いた。

お客が来たらなにかの話をしなければいけないのはわかっていたが、ハリネズミにはなにも思いつかなかった。

「わからない」ハリネズミは言った。

お茶を飲みながらどちらも話題を考えてみたが、思い浮かばなかった。

ゾウは部屋のなかを見まわした。窓のところに椅子が置いてあった。

「ハリネズミ……」ゾウが言った。

「なに？」

「あの椅子をテーブルの上にのせてもいい？」

「いいよ」お客の要望にはすべて応じなければならないと思っていたのだ。

ゾウは椅子をテーブルの上にのせた。

「テーブルの上にのぼって、それから椅子にのぼってもいい？」

「いいよ」

ゾウはテーブルにのぼり、椅子にものぼった。

「こんどは椅子の背もたれの上に立ってもいいかな？」

「いいよ」

「片足でだよ？」

「うん、片足でもかまわない」

ゾウは片足で背もたれに立った。

「じゃあここでピルエットをしてもいい？　できるんだ。見て」

だが、ほんとうはいやだったハリネズミが「いいよ」と言うまえに、半回転しただけのゾウが椅子とともにテーブルの上に落下し、テーブルをへし折って床にしりもちをついていた。

「いてっ」ゾウは後頭部をさすり、テーブルと椅子の残骸を横に押しやり、ハリネズミのことを当惑した目で見つめていた。

いや、とハリネズミは思った。どうか明日、ゾウが訪ねてきませんように。それから万が一に備えて、ベッドの下にもぐりこんだ。

17

でも、ぼくがこうしてベッドの下に寝ていたら、だれかが訪ねてくるかもしれない——しばらく横たわっていると、そんなふうに思えてきた。そうしたらどうしよう？「ベッドの下にいるんだ。ちょっと待って！」とさけぶべきか、それともいないふりをするべきか？

頭のなかでキリンが訪ねてきた。さいしょにツノ、そのつぎに首、それから残りが入ってきた。

キリンは部屋のなかを眺めまわしていた。ハリネズミはいないようだと思ったが、念のために頭を戸棚の下、テーブルの下、そしてベッドの下に突っ込んでみた。

「ここにいたんだ！」キリンはさけんだ。「楽しいね！　ベッドの下とは！　きっとサプライズがあると思ったよ！　来る途中、ひとりごとを言ってたんだ。『ハリネズミのことだから、きっとなにかあるにちがいない』ってね。もう長くここにいるの？　ぼくもやってみることにするよ……お客が来るときベッドの下に寝そべるの。でもドアにはボードをかけておこう。〈ようこそ。ベッドの下へどうぞ〉って。お客が帰ってしまったら、ベッドの下に寝てる意味がなくなってしまうからね。ベッドの下でパーティーをするのもいいね。そうだ、そうしよう！　みんなを招待しよう。ぼくのベッドは大きいから。みんながその下に入れるくらい。ゾウもクマもコオロギもサイもハクチョウもみんな。きゅうくつに感じるやつがいたらこうさけぶんだ。『それでいいのさ。これは〈きゅうくつパーティー〉なんだから！』だれかがなにかを飲んだり食べたりしたくなっても、あまりにきゅうくつで外に出られなかったら、『これは〈それだけパーティー〉なんだよ！　そういう名前なんだ！』何年もみんなの話題になるだろうな。まだ覚えてる？　なにを？　〈それだけパーティー〉のことだよ。キリンのベッドの下であった……もちろん覚えてるよ。ほかのパーティーをみんな忘れてもあれだけは忘れないね……」

キリンの話は止まらず、ベッドの下に頭を入れているのがとても気に入ったようだった。

ハリネズミはなにも言わず、壁とキリンの首にはさまれて身動きできずにいた。

それからキリンは自分のツノの話をはじめた。いまは必要にせまられ、キリンの頭に折りたたまれてひっついていた。

「ツノたちにはここは狭すぎるんだよ、ハリネズミ」とキリンが言った。「やつらがぶつぶつもんくを言っているのが聞こえるけど、相手にしないよ。オマエたち、聞いてるか？　そうやってもんく言ってろよ」

ときにはこうして逆境に堪えるのもツノたちにはいいことだ、とキリンは言った。いつもあまりにえらそうに頭の上でふんぞり返っているからだ。自分ではなにもせずになんでも見せてもらえるなんて、あまりにも安易ではないか。

「ぼくがツノだったらいいのに、って思うんだよ、ハリネズミ。ツノたちがぼくで、ぼくがヤツらの頭の上にそびえ立っていればなって。ヤツら、驚いて見上げるだろうよ。ああ、オマエたちだよ。オマエたちの話をしてるんだ……まあ、ヤツらの悪口は言わないことにするけどね」ツノたちが頭の上で興奮して左右に揺れだすとキリンはそう言い、ハリネズミのほうを見ようとした。

「キミは自分が一本のハリになって、その一本のハリが自分自身で、ハリである自分が本来はハリだったそいつの背中に刺さっていたらいいって思うことはない？　あるいは自分がぜんぶのハリであればいいいって」

「わからないよ」とハリネズミは言った。キリンはいつまでいるつもりだろう、と考えていたのだ。

こんどはクジラの家を訪ねたときの話がはじまった。舟に乗っていったらクジラがけげんな顔で見て、キリンを噴水の下にとおしてくれた。「とっても楽しかったよ、ハリネズミ。まるで雨みたいだった」クジラとは何時間もクジラのヒゲとキリンのツノの相違点と類似点について話しあった。サメとトビウオもやって来たのだそうだ。

「もう帰ってもいいよ」ハリネズミはこれ以上、キリンのクジラ訪問については聞きたくなくてそう言った。

「ありがとう」キリンはベッドの下から頭を出した。「なんていう訪問だ！　ちょうどそういう気分だったんだよ、ハリネズミ。キミも一度、ぼくのところに来ない？　ベッドの下だよ」

ハリネズミはうんともううんとも聞こえる声を出し、キリンはドアを出ていった。

たまたま通りかかったどうぶつたちにキリンが興奮して話している声が聞こえてきた。ハリネズミの家に行ったんだ……ベッドの下に！　と。

「ベッドの下？」みんなが言っていた。

「ああ、ベッドの下。とっても居心地よかったよ。お客さんはみんなベッドの下に通されるんだ」

18

あるいはダチョウ……ダチョウがあそびに来るかもしれない、とハリネズミはベッドの下の暗闇のなかで考えた。

ダチョウにはまだ会ったことがなかったが、アリに聞いたことがあった。ダチョウのためにいつでも頭を突っこめるものを用意しておかなければならない、と。

「どんなもの？」ハリネズミが聞くと、アリは肩をすくめて言った。「それはみずから名乗りでるよ」

みずから名乗りでる……ハリネズミはその言葉について考えた。なにがみずから名乗りでるだろう？　だれが？　空気？　ダチョウは空気に頭を突っこみたいのかもしれない。あるいは壁に。

ダチョウが入ってきた。

「こんにちは、ハリネズミ」

「こんにちは、ダチョウ。紅茶、飲む？」

「うん、いただくよ。でもまず最初にどこかに頭を突っこみたいんだ」

「そうだった。どこがいい？」

ダチョウは部屋のなかを見まわした。いま、それがみずから名乗りでるはずだ、とハリネズミは思った。

ダチョウは戸棚を見、歩いていって引き出しを開け、頭をそこに突っこんだが、しばらくすると引っこめた。

「だめだ……」ダチョウはつぶやいた。

ひざまずくと、つづけざまにベッド、鏡の裏、窓の外に頭を突っこんだが、すぐに引っこめ、首をふった。

どこも風通しが悪いか寒すぎるかで不都合だった。

ハリネズミは紅茶を淹れた。

「困ったな……あまり選択肢がないから」ダチョウはランプのなかに頭を突っこんだあと、ハリネズミのハリのあいだに頭をねじこもうとした。

「いてっ」ダチョウが声を上げた。

「それは無理だよ」とハリネズミが言った。

「そうだね」

ダチョウは椅子にすわり、悲しげに自分の胸元の羽根を見つめた。そこにはもううんざりするほど頭を突っこんだことがあるし、そんなことのためにわざわざやって来たわけではなかった。

ハリネズミは紅茶をダチョウの前に置いた。

「悪いけど」ダチョウが言った。「もうちょっとこの訪問に期待していたんだ」

「うん」ハリネズミが言った。「ケーキもあるんだよ」

だがダチョウは紅茶を飲むことも、どんなケーキか見ることもなく、なにも言わずにドアから出ていった。

ハリネズミは窓からダチョウが走り去るようすを見ていた。少し向こうでダチョウが粗野なさけび声をあげてシナノキの根元の土のなかに頭を突っこむと、土くれが宙に飛び散った。

19

ベッドの下に横たわったまま、ハリネズミはふたたびカタツムリとカメについて考えていた。もう正午近かった。先を歩いていたカメが振り向いて、後ろにつづくカタツムリにそっと言った。「ちょっと急がなきゃ」

「急がなきゃ、だと！　またキミの〈急がなきゃ〉がはじまった……」カタツムリはさけんでただちに立ち止まり、一歩、後じさった。「その言葉がどれだけオレを傷つけるかまだわからないのか？」

カメは黙っていた。カメ自身もその言葉は好きでなかったし、使ったことを後悔していた。

「ああ、キミにはわからんだろうよ！」カタツムリはさけんだ。「キミが知っているのは急ぐこと、より速く、すぐに、いま、ただちに、この場で、急げ急げ……そんなことばかりだからな！」カタツムリはそれらの言葉を吐き出すように言った。

ツノを真っ赤にして、頭をカラに引っこめた。

「じゃあハリネズミに、行くけど少し遅くなるって手紙を書こうか？」カメは言った。

「書けばいいだろう！」冷静になろうとしていたカタツムリだったが、カッとなってさけんだ。

カメは甲羅のなかから紙を出して、ハリネズミに手紙を書いた。申し訳ないが少し遅れていく、自分たちがもともとのろまであることを理解してほしい、自分たちにはそれ以外にありようがないし望んでもいない、速度というものを忌み嫌うのだ、と。

カメは一瞬、ペンを噛んで思った。〈忌み嫌う〉とはよい表現だ、と。速度を忌み嫌う。急ぐこと、せっかちを。

カタツムリがふたたびカラから顔を出して言った。「もう行くのやめたって書けよ」カタツムリは〈行くのやめた〉という言葉が好きだった。〈カタツムリ〉ではなく〈イクノヤメタ〉に名前を変えたいくらいだ。あそこにイクノヤメタが住んでるよ……あいつは歩くのも考えるのも話すのもやめたんだ……名前にふさわしいように。

だがカメはそうは書かなかった。

「ハリネズミがぼくたちを招待したんだから、行かなきゃ」

「行かなきゃ、行かなきゃ……またキミの〈行かなきゃ〉がはじまった……」

「ぼくたちの義務だよ」

「義務ときた！　もっとひどいや！」カタツムリはさけび、荒れ狂い、うっかり頭でカラを突き破ってしまった。

「見ろよ……」カタツムリは泣きながら言った。「だれのせいでこうなったと思う?!」

カメはカラの修繕を手伝い、それからまた黙っていっしょにハリネズミの家に向かった。

「きっと楽しくなるよ」とカメは言った。

カタツムリは無言で前に這っていた。頭のなかでぼやきながら、いちばん近い草をめざして一ミリずつ。そこで一休みするつもりだった。

招待したらカメとカタツムリが訪ねてくるかどうか楽しみだ、とハリネズミは思った。来年の夏になったら招待してみようか。あるいはその翌年でもいい。

20

あるいはまだ聞いたこともないどうぶつたちがとつぜん訪ねてきたりするかもしれない、とハリネズミはベッドの下の暗闇で思った。サバクミミズ、ウミネズミ、トビカニ、ヨルヘビ……。

すでにそうしたどうぶつたちがハリネズミの家に押し寄せ、驚いて部屋のなかを見まわしていた。

自分たちがそこでなにをしているのかわからなかったし、ほとんどのどうぶつは自分が存在することさえ知らなかった。

コートを着てきたどうぶつたちは脱いだものをハリネズミのハリに掛けたので、あっというまに百着もの奇妙なコートがぶらさがり、ハリネズミは身動きできなくなってしまった。

「みなさん、なにかお召し上がりになりますか？　紅茶はいかがでしょう？」

お召し上がりになる？　だれもそんな言葉は聞いたことがなかった。紅茶も知らなかった。

もっともありえないどうぶつたちのなかにはテーブルと椅子を食べているものもいた。ハリネズミが自分たちのために置いてくれたと勘ちがいしたのだ。おいしいとは言ったものの、ほんとうは甘いテーブルと生の椅子のほうがよかった。

べつのどうぶつたちは〈訪問〉がどこにあるのかたずねた。〈訪問〉とは手でつかめるなにか、あるいは冬に着られるようにハリネズミが用意したコートか帽子のようなものだと想像していたのだ。みんなあたたかな〈訪問〉を期待していた。

〈訪問〉の上にすわるつもりだったどうぶつもいた。

どんどん新たなお客が入ってきた。スナミツバチ、ソラライオン、横縞模様のドロカブトムシ、赤毛のナマケモノ……。

カーテンも鏡もベッドも食べられてしまい、ハリネズミのハリも齧られた。

家も家具もほとんどのハリもなくなってしまうと、みなそれぞれまちがったコートを着て、たがいを踏んづけ、数本残ったハリにつかまってハリネズミをあおむけに倒し、まだなにか特別な出しものがあるのかたずねた。なにか度肝を抜くようなもの……みんな度肝を抜かれるのが好きなのだ。まだだれにも、自分たちがそのためにやって来たところの〈訪問〉がどこにあるのか、わからなかった。帽子でないことはたしかだ。帽子なら目にしたはずだから。

さいごにはみんな森のなかに立ち去っていった。全員がちがう方向に。だれにも自分がどこに行くつもりなのかわからなかった。存在しているかどうかもさだかでないのに、どこに住んでいるかわかるはずもない。

21

ハリネズミはまだベッドの下の暗闇に横たわっていた。

ここがいちばん安全だ、と思った。孤独で安全。ここにいるときがいちばん自分のことも気にならない。

ここならば長いあいだ、眠りつづけることもできる。ときには何カ月もつづけて。ベッドに入り毛布をかぶると夜しか眠れず、朝になると目が覚めるのに。

ハリたちは背中にはりついてミシミシ音をたてていた。まるでなにかに反対して不平を言っているようだった。ハリたちは名誉を傷つけられたのだ、とハリネズミは思った。

「すまないね」とハリネズミはささやいた。ハリたちがほんとうはまっすぐに立ちたいことを知っていた。ハリたちと意見が合わないことはよくあった。

自分がなぜそこに横になっているのか説明してみたが、返事はなかった。

「なにか言ってくれよ！」とハリネズミは言った。

キリンの頭のツノのように——たとえキリン以外のだれも聞いたことがなくても——なにか言

ってほしかったのだ。

もしかしたらハリたちはぼくが眠っているときにしか話さないのかもしれない。うまくすわれてる？　うん、ぼくはだいじょうぶ。ちょっと詰めてくれる？　いいよ、でもそうしたらキミもちょっとうしろに下がってほしいな。これでいいかな？　うん。それにしても、ひどいいびきだよな？　ほんとうに！　でも眠っててくれて助かるよ。まさしく。ちょっと場所を替わろうか？　キミが背中に来て、ぼくがひたいに行くんだ。そうできればいいんだけどね！　シーッ！　あまり大きな声を出すなよ。気をつけて。起こしちまうぞ！

ハリネズミはためいきをついた。

ハリたちが話すことができれば歌もうたえるはずだ。そうしたら合唱団をつくることもできる。ソプラノがぼくの目の上までの前面で、バリトンがいちばんうしろ。お客が来たら歓迎の歌をうたうんだ。「我らがハリネズミがあなたを歓迎いたします。どうぞお入りください。紅茶はいかがですか？」拍子を取ってぼくの背中で動くんだ。

そうしたら、家の前の草地に看板を立てよう——〈大ハリ合唱団コンサート開催中。不快な観客も含め、だれでも入場可〉。そうすればだれが不快かは関係ない、ハリ合唱団はそんなどうぶつのことも、望もうが望むまいが愉快な仲間に変えてしまうんだ。

何百ものどうぶつたちがやって来るだろう。

キリンは驚きで言葉を失うだろう。これ以上の驚きはないほどに。きっとツノが二本でなく百本あればいいのに、と思うはずだ。

まったくね、二本のツノなんてね……とハリネズミは言うだろう。

ハリを二本しかもっていない自分のことを想像してみた。一本はひたいに、もう一本は背中の下のほうに。

ハリネズミは震え、体をもっと丸めた。幸いなことにハリは百本以上あった。だれかがどうしてもほしければ、一本か二本なら分けてあげられるほどだ。そして冬になれば、合唱団は子守唄を歌うのだ。とてもしずかに、冬じゅうずっと。ハリ合唱団が。

そこでハリネズミは眠りに落ちた。

22

ベッドの下で眠りながら、本を読んでいる夢を見た。『訪問の利点と難点』というタイトルだった。

前半には訪問の難点について書かれていた。読みながらハリネズミは心臓がドキドキするのを感じていた。

訪問の前、最中、後にどんなハプニングが起こりうるかが数章にわたって解説されていた。激しい口論、腐ったケーキ、しょっぱい紅茶、辛辣な非難、にらみあい、いたましい誤解、招かれざる客、長居をする客、すわると壊れる椅子、自分でつくった歌をうたい、いっしょにうたうことを強いる客、その他さまざまなことについて。

訪問の難点は尽きないように思われた。

だれにも来てほしくない！　とハリネズミは読みながら思った。

それでも本の後半までたどり着いた。〈訪問の利点〉についてだ。

そこにはたったの一章しかなく、そのなかには一文しか書かれていなかった。「訪問の利点については言及する価値がない」

言及する価値がない、とハリネズミは思った。言及する価値がない……本を置いたところで目がさめた。

ぼくも言及する価値がないどうぶつだ、と思い、反対側に寝がえりを打ってまた眠りに落ちた。

しばらくするとまた夢を見た。

どうぶつたちがいっしょに踊り、たがいの耳にささやきあっていた。

「ぼくのところにあそびに来る？」

「うん、ぜひ。そのつぎはキミがぼくのところに来る？」

「うん、楽しみだ。そのつぎはまたキミがぼくのところに来る？」

「約束だ！　そしたらまたキミがぼくのところに……」

だれもがぜひだれかのところにあそびに行きたがっていた。

しばらくするとハリネズミは森のなかを歩いていた。どうぶつたちは全速力でハリネズミの横をすり抜け、だれもあいさつしなかった。

「なんでキミたちはあいさつしてくれないの？」ハリネズミはうしろからさけんだ。

「息もたえだえなんだよ。あそびに行くんだ！」

「だれのところに？」

「おたがいのところだよ」

「じゃあ、ぼくは？」

だがその声はもうだれの耳にも届かなかった。

ハリネズミはおどろいて目をさました。自分も、息もたえだえになっていた。

ベッドの下から這い出して、部屋のなかを行ったり来たり歩きまわり、窓の外を見た。真夜中だった。

ハリネズミはまたベッドの下にもどり、しばらくするとまた眠りに落ちた。

その夜、三度目の夢を見た。

何百もの手紙をもらう夢だった。すべてのどうぶつからだった。

「キミもついにとうとうぼくのところにあそびに来る？」

「ぼくがどれほど激しくキミにあそびに来てほしいと思っているか、知ったとしたら……」

「すぐに来ない？　いますぐ！」

「いますぐ来てくれないとぼくが絶望してしまうと考えてくれ」

ハリネズミはみんなを訪ねるために家を出た。森の空き地まで来ると、どうぶつたちが勢揃いしていた。

「ああ、やっと来てくれたんだね！」みんながさけんでいた。「よかったあ！　来てくれたんだね、ぼくのところに、ぼくのところに……」みんなが顔を輝かせて近寄ってきて、ハリネズミの口にケーキを詰めこんだ。ギリギリ間にあって訪ねてきてくれたと言っていた。それ以上、一秒遅くてもだめだったのだそうだ。

「ああ、ハリネズミ、ハリネズミ……」みんながさけび、歌までうたっていた。

こんなことも言っていた。「キミはほんとうに優美に飛ぶんだね、ハリネズミ」

「でもぼくは飛べないんだ！」ハリネズミはさけんだ。

「飛べるさ。そんなに謙遜するなよ」

みんながハリネズミを抱え上げて宙に放り投げた。「ほらね、飛べるだろう！」

ハリネズミはどすんと地面に落ちた。

「つぎは飛べるよ」どうぶつたちはハリネズミの肩をたたいた。

「気をつけて！　ハリが刺さるよ！」

「ちがうよ」みんなが手や足、羽根、ヒレで、ハリネズミがたしかにハリだと思っているものを叩いた。チョウまでもが羽根でそれを叩いた。

ハリはハリネズミの体に埋まっていった。どうぶつたちは無精ひげのようにブツブツが残るだけになるまで、しつこく叩きつづけた。「見て、ハリネズミがブツブツだらけになってる！」どうぶつたちがさけんだ。「これじゃあブツネズミだね！」

そこで目が覚め、がばっと起き上がったハリネズミは頭をぶつけた。自分がどこにいるのか思い出すとためいきをついてまた寝そべり、横向きになって自分がハリだらけであるのを確認し、眠りに落ち、その夜はもうそれ以上、夢を見なかった。

23

ハリネズミがベッドの下で目を覚ましたのは夕暮れだった。

ベッドの下から自分の部屋を見てみた。

ぼくの部屋、とハリネズミは思った。ぼくだけの部屋。

ときどき、自分の部屋が世界全体と同じくらい大きく感じられるときがある。あるいは世界よりも大きく。

ハリネズミは玄関を見つめた。そこが世界の果てなのだ。玄関の外に出ると宇宙に落ちる。そこからどこにたどり着くのかはだれにもわからない。

窓のむこうに宇宙が見えた。緑色で秘密めいていて、ハリネズミは身震いした。

天井が空でランプが太陽だ。太陽は夜しか輝かないが、まあ、かまわない。

テーブルと椅子が山で、テーブルと窓のあいだが砂漠だ。

でも海はどこだろう？　とハリネズミは考えた。それから川は？

川はここだ。ベッドとテーブルのあいだ。ぼくの思いつきだけど、それはかまわない。なんでもありだ。でも海はまだこれから発見されるところだ。まだ海については聞いたことがなかった。

ハリネズミはせせらぎを聞きながら川岸の草むらに心地よく横たわっていた。ヤナギの木もあった。

なんて気持ちがいいんだ、とハリネズミは思った。

なにもかも忘れて、孤独も秋も、出さずに戸棚にしまってある手紙のこともどこかにいってしまった。

遠くの、窓の手前にほこりが舞っているのが見えた。

チョウだ、とハリネズミは思い、「こんにちは、チョウ！」と声をかけた。

それはほんとうにチョウだった。「こんにちは、ハリネズミ！」とチョウもさけび返した。

「気をつけて！　そこから先は宇宙で、そこに迷いこむと……」

「どうなるの？」

「いや、わからない」

それはほんとうにわからない。これからなにか考え出さなきゃ。でもいまはまだいい。

ハリネズミは目を閉じて、ベッドとテーブルのあいだを流れる太陽にきらめく川のほとりの草に寝そべっていた。

じゃまをしたり、とつぜん訪ねてきたりするものはだれもいなかった。

24

まったく、すべてはなんてフクザツなんだろう——しばらくあとに部屋がまたいつもの自分の部屋にもどったとき、ハリネズミは思った。

ベッドの下から這い出すとちょっと散歩にいくことにした。まだ出していない手紙について歩きながら考えたら、結論が出せるかもしれない。

外に出て家の脇にある灌木の茂みの横をとおり、森の空き地をめざした。

そこでハリネズミはアリに会った。

いまもう招待してしまおうか？　そうしたら手紙を出す必要がなくなるし、そのあとだれかをお客として迎える必要もなくなるかもしれない。

でもハリネズミは、「こんにちは、アリ」としか言わなかった。

アリはもの思いに耽っていたようで、顔を上げて「こんにちは、ハリネズミ」と言った。

しばらく向かいあって立ち、ハリネズミはアリがなにか言ってくれることを期待していたが、アリは黙ったままだった。じゃあこっちがなにか言うか、とハリネズミは思った。でもなにを言えばいいんだろう？　そしてそんなことを声に出して言うつもりはなかったのに「なんてフクザツなんだ！」と言ってしまった。

アリはうなずいて言った。「ほんとうにそうだね、ハリネズミ。すべてはフクザツだ」

「すべて？」ハリネズミは聞いた。どうぶつたちを招待するかどうか決めること――それはたしかにフクザツだが、フクザツでないこともたくさんあるはずだ。雨、風、木々がザワザワいう音、それらはフクザツではないだろう？

「ああ」とアリが言った。「キミがフクザツでないと思うものを挙げてみて」

ハリネズミは考え、「空気」と言った。

「空気！」アリがさけんだ。「それは存在するもののなかでもっともフクザツなものだよ！」跳びあがって宙返りをし、背中から落ちて立ち上がると肩のほこりを払ってからアリは言った。

「なにかほかのものを挙げてみて」

ハリネズミは地面、森、雲を挙げたが、そのたびにアリはどれもみな甲乙つけがたくフクザツだと言った。

そこでハリネズミは自分がフクザツだと思っているものを挙げてみることにした。

「キミ」

アリはしばらく立って考え、うなずいて言った。「ぼくはタンジュンなんだよ、ハリネズミ。とってもタンジュンなんだ。世界じゅうに存在するもののなかでもっともタンジュンでさえある。その点においてはぼくは奇跡だ」

ハリネズミは驚きに満ちた大きな目でアリを見つめた。

アリは跳びあがってさけんだ。「でもそれこそがまさしくフクザツなんだ！ タンジュンであることがフクザツなんだよ。ぼくは世界じゅうに存在するもののなかでもっともタンジュンであると同時にもっともフクザツでもあるんだ」

アリはまたしずかに立ち、咳ばらいをした。

ハリネズミはもうなにも聞かなかった。訪問はフクザツか聞きたかったが、アリの答えが自分の問いよりもフクザツであるのが怖くて聞けなかった。

別れを告げあってからハリネズミはもう少し先まで歩き、それから家路についた。

家にもどると鏡の前に立ち、自分の姿を見た。

「こんにちは、ハリネズミ」と小声で言ってみた。「またそこにいるんだね。もしかしてあそびに来てくれたの？　そうなんだね。なんてやさしいんだ。ぼくのところにはお客がまったく来ないんだ。ぼくもだれのところにもあそびに行かないし！　おもしろいだろう？　ねえ」ハリネズミは自分自身にやさしくほほ笑み、椅子を指さし、ぼくのお客さんになにを出そうと聞き、紅茶を淹れ、自分の前にすわり、おたがいのハリと共通の孤独について話をし、しばらくすると別れを告げ、手を振って見送り、ホッとしてためいきをつき、鼻を鏡に押し当てて目をぎゅっとつぶった。

25

それからハリネズミはくるりと向きを変え、カバについて考えはじめた。走ってくる姿が頭に浮かんできたのだ。

「ハリネズミ！」とカバがさけんだ。「あそびに来たよ！　キミに招待されたから。開けて！」

カバはなにか大きなものを背負って、息をきらしていた。

ハリネズミがドアを開けるとカバがなかに入ろうとしたが、背中の大きなものがつかえて入れなかった。

「それはなに？」

「桶だよ」

「桶？」

「うん、お風呂」

カバは風呂をドアの前に置いた。「壁を壊さなきゃだめだな」

「ほんとうに？」

「ああ」

助走したカバが全速力で家の前面に衝突すると、壁が壊れた。

瓦礫のなかをかき分けて家に入ったカバは、テーブル、椅子、ベッド、戸棚を外に引きずりだして、部屋の真ん中に風呂を置いた。

「キミにあげるよ、ハリネズミ」カバは言った。「プレゼントだよ」

「でも……」

「これでいつでも風呂に入れるよ。どうするか見せようか？」

カバは窓台にのぼって、水を入れた風呂にきれいなフォームで飛びこんだ。

風呂の縁から大きな波があふれ出て、残っていた壁をびしょぬれにした。

「これを入浴っていうんだよ」

カバは風呂のなかでバシャバシャと跳びはねた。「これ、ぜったいにオススメだよ、ハリネズミ」

ハリネズミはずぶぬれになり、部屋のすみの床にだまってすわっていた。訪問とはなんと奇妙なものなのだろう、と思いながら。

しばらくするとカバが風呂から上がって、「はい、どうぞ」と言った。「キミのお風呂だよ、ハリネズミ」

ハリネズミはなにも言わなかったが、カバはとても有意義な訪問だったと満足していた。みんなを訪ねていって入浴できる風呂を贈りたいと話していた。

「あるいは森を水浸しにするという手もある。ああ、それがいいね！　巨大な風呂にするんだ。そうしたら全員で木々の上から飛びこむんだ。すごい水しぶきになるだろうなあ……」

カバは玄関と家の正面の残骸を越えて、ハリネズミと風呂を残し、口笛のように聞こえる音を出しながら川のほうに歩いていった。

ぼくは風呂はいらない、とハリネズミは思った。入浴なんてしたくない。ぼくがほしいのはドアだ。だれかに訪ねてほしくないときには開ける必要のないドア、だれも衝突して穴をあけて入ってこない頑丈なドアがほしい。

26

そんなドアについて考えていると、キクイムシのことを思い出した。キクイムシはドアが好きなのだ。

キクイムシがやって来て、「そのドア、閉めて！」とさけぶようすがありありと浮かんできた。

「こんにちは、キクイムシ」ハリネズミはドアを閉めた。

「こんにちは、ハリネズミ」キクイムシはドアに穴を掘って入ってきた。

「紅茶、飲む？」ハリネズミは聞いた。

「紅茶？　そのなかに穴を掘れる？」

「どうかな……鼻を使って……匂いに……」

「そんなのいやだね」

「あそびにきたの？」

「いや、掘りにきたんだ」

一時間後、ハリネズミは木くずに埋もれていた。ベッドもテーブルも椅子も戸棚も屋根も壁も床もドアも、すべてなくなっていた。

「つぎはどうすればいい？」キクイムシがたずねた。

「わからない」ハリネズミはためいきをついた。

「そこも掘りたいね」キクイムシは言った。「キミの優柔不断さのなかを」そしてハリネズミのハリのなかまで掘ろうとした。どんなふうに掘れるか興味深い、挑戦するのが好きなんだ、と言って。

「ぼくのハリは挑戦なんだ」と言ってからハリネズミは眉をしかめた。いったいなぜ自分はそんなことを言ったのか？　と思ったのだ。

しばらくあとにはもはやなにも残っていなかった。

ハリネズミの家のあった場所の横を歩くどうぶつたちは、ここにハリネズミが住んでいたんだよな、と言いあった。ハリネズミ？　ああ、ハリネズミだ。いまはどこに住んでるの？　あいつは歴史になったんだ。どうぶつたちは歴史がなんたるか、どうすれば歴史になれるかを説明しあった。キクイムシによっても歴史になれるのだ、と。まだそこにいたキクイムシはどうぶつたちの話を聞きつけて、歴史のなかを掘りたいと言った。それから未来のなかも。昔とこれから先、そしてそのあいだにあるすべての時間——すべての日、時、分、秒——が腐朽した木になり、吹き飛ばしてしまうことができるように。そしてもはやどこにも時間がなくなったら、今度は空間を掘り、さらには無を掘りたいのだ、と。

いやだ、とハリネズミは思った。キクイムシには来てほしくない。

ボードをつくるとその上にこう書いた。


キクイムシ、たのむからどこかよそを掘って

ボードをドアに打ちつけたあと、「たのむから」に線を引いて消し、「掘って」のあとに「！」をつけ足した。そこでやっとハリネズミは、安全になったとホッとすることができた。ひとりぼっちで、自分の家で、たくさんのハリとともに。

でも待てよ、ほんとうに安全なのか……それには確信がもてなかった。

27

ハリネズミはテーブルにむかってすわり、両肘をついて頭をかかえ、またもの思いにふけった。

あるいはキリギリスが訪ねてくるかもしれない。明日の朝、玄関のドアをノックして、ここで店をはじめようとするかもしれない。

まだ夜明け前にドアがノックされ、「ハリネズミ！」とだれかが呼んだ。

ハリネズミはベッドから起きだしてそろそろとドアに向かった。

「どなたですか？」

「ぼくだよ。キリギリス」

ハリネズミがドアを開けるとキリギリスがなかに入ってきた。

「こんにちは、キリギリス。ぼくの手紙を受け取ったの？」

「うん」と答えたキリギリスは部屋のなかを注意深く見て、ときどきうなずき、テーブルを壁ぎわに動かした。

「ここをカウンターにしよう」キリギリスは言った。

「なんの？」

「ぼくたちの店の」キリギリスはカーテンを開けた。「だからこんな早くに来たんだ。いまから準備すれば、最初の客が来るころには店を開けられるから」

キリギリスが振り向いて言った。「これがショーウィンドウだ」ハリネズミの戸棚から板を一枚、取りはずし、窓台の上に置いて、その上にハリネズミのビン入りハチミツ、クシ、スリッパ、先の細いハサミを並べた。「これが商品」

キリギリスはちょっと考えてからこう言った。「よし、安売りにしよう！」

小さなメモ用紙をつくるとベッドにつけた。〈ほぼ新品〉。椅子には〈すわりごこち満点〉。そして玄関のドアの外には大きな看板を置いた。〈このなかのすべて、売ってます〉。

すぐになにかを買いたいどうぶつたちがやって来た。

正午前には部屋のなかは空っぽになり、キリギリスはハリネズミのコートまで売りに出した。

「捨て値でいいや」と言って。冬に耳が寒いときにかぶる青い毛糸の帽子も。

イタチがコートを、カバが帽子を買ったあと、キリギリスは考え込みながらハリネズミのハリを見つめた。

「それも売りに出そうか？」キリギリスが言った。「二本で一本の値段で。人気商品になると思うよ。何本か抜いてショーウィンドウに置こうか？」

「でも、キミはぼくを訪問してるんじゃなかったの？」

「〈訪問〉！　それも売ろう。そうだよね！　いつでも需要があるし、ちょうど新しい〈訪問〉が入荷したところだった。〈秋の訪問〉、全サイズ、全カラー取り揃えて。最新のモードだ。ありがとう、ハリネズミ、思い出させてくれて。すぐにショーウィンドウに並べよう。どんなお客にもぴったりの〈訪問〉が見つかるよ」

ハリネズミはなにも言えずに黙っていた。

28

カタツムリとカメはとにかくまだこちらに向かっているにちがいない——キリギリスのことが頭から消え去ると、ハリネズミはそう思った。ぼくもたいていのろまだが、あの連中はそれに輪をかけてのろまなのだ。

「カメ！」カタツムリがさけんだ。

「なに？」

「ちょっと止まれよ」

「なんで？」

「聞きたいことがあるんだ」

「どうぞ聞いて」

「キミが立ち止まらないと聞けないんだよ」

カメは立ち止まった。

「キミはぜったいにじっとしていないよな？」カタツムリが言った。

「そんなことないよ。よくじっとしてるよ」

「いつだよ?」

「いま」

「いまって……これはじっとしてるんじゃない」

「じゃあ、なんなの?」

「オレが聞くのを待ってる。それはほんとうの〈じっとする〉とはちがう」

カメは黙ってしまった。

「〈じっとする〉がどういうことかさえ知らないんだもんな」カタツムリが言った。

カメは地面を見つめ、なにも言わなかった。

「もう半分まで来たか?……そう聞きたかったんだよ」

「来てないよ」

「半分の半分は?」

「来てない」

「そのまた半分は?」

「来てない」

「じゃあいったい、どの半分まで来たんだよ?」カタツムリはツノを真上にかざした。「なにかの半分までは来てるはずだよな?」

カメはためいきをついて言った。「また進もうか？」

「ちょっと待てよ」

「なんでいままた？」

「オレがなにか聞いたからだよ！　オレが聞くときには立ち止まるっていう約束だっただろうが？　じゃなきゃオレは聞けないし、そうなるとオレがなにを知りたいのかもはっきりしない。そしたらオレたちどちらも負けなんだよ。取り返しがつかないほど負けなんだ。キミのせいで。それともキミはこれにもまた反対意見なのか？」

「なにを聞いたんだった？」

「ちょっと止まってって」

「そのときぼくが『なんで？』と聞いた」

「それでオレが『聞きたいことがあるんだ』と言った」

カメは黙った。

「ほらな」カタツムリが言った。「オレの言うとおりだろう？」

カメはまた歩きはじめた。

「行けよ！」カタツムリが真っ赤になってさけんだ。「オレの言うことなんて聞かなくていいよ！　友だちを闇に置き去りにしろよ。なあ、その甲羅の下にいる自分がほんとうはナニモノか知ってるか？」

「いや」カメは後ろを振り向いた。自分がカメであることは知っていたが、カタツムリが見るとほかのだれかであることがよくあった。

「ははあ！　いまならじっとしていられるんだな？　自分がだれか知りたいときには」

「稲妻？」とカメは聞いた。よくカタツムリが自分を稲妻にたとえるからだ。

「いいや」

「緊急事態？」

「ちがう」

「速く速く？」

「ああ、それもそうだが、ほかのだれかのことを言ってるんだ」

「だれなんだよ？」

「いや、キミがじっとしてるあいだは言わないよ。じっとしてるときはそうじゃないんだから」

カメはまた歩きはじめた。

「いまそいつになってるぞ！」カタツムリがさけんだ。

「だれ？」カメは歩きつづけながら聞いた。

こうなるとなにか言わなきゃならないな、とカタツムリは思い、カラのなかにもぐってささやいた――カメには聞こえないように、とてもひどいことを。

カメはまだ数歩、先に進み、振り向いて、カタツムリがカラのなかに隠れたのを見た。自分のなかに奇妙な感情がわくのを感じた。落胆、と思ったが、そうではなかった。服従——それだ。静かなる服従。

カメは甲羅のなかで寝そべり、眠りに落ちた。

カタツムリも眠っていた。

カメもカタツムリもいつまでたっても来ないだろう——ハリネズミは思った。

29

でもラクダはいつかやって来るかもしれない、と思った。はるばる砂漠から何日も走って、ぼくに会うためだけに！

ハリネズミは心臓がドキドキするのを感じた。すべてはぼくの手紙のせいなんだ……送れば、の話だが。

ラクダの姿を思い浮かべてみた。まだ息が荒く、喉が渇いていた。

ハリネズミはバケツ一杯紅茶を淹れた。砂ケーキも急いでいくつかつくった。

ラクダは紅茶を飲み、砂ケーキを食べた。

それからゆったりと後ろにもたれ、おどろいて部屋のなかを見わたした。

「あれはなに？」ラクダが指をさして聞いた。

「椅子だよ」ハリネズミが答えた。

「あれは？」

「ベッド」

「あれは？」

「窓」

ラクダはすべてを指さし、そのたびに首を振った。それらすべてのものが不必要に感じられたからだ。

「それは？」今度はハリネズミの背中のハリを指さしていた。

「ハリだよ」

「キミのハリなの？」

「うん」

「そんなに必要のないものを見たのははじめてだ。自分で恥ずかしくならない？」

「じゃあキミの背中の二つのコブはどうなの？」そう聞きながらハリネズミは、楽しい会話ではないなと思った。

「これも必要ないんだよ！」ラクダはさけんだ。「たまらなく恥ずかしいんだ。知らなかっただろう！　キミにあげようか？」

「いらない」ハリネズミは言った。

でもラクダは二つのコブを背中からはずし、ハリネズミの背中にのせてハリに突き刺し、こぶしで何度か叩いてはずれないようにした。「どうぞ」とラクダは言った。

コブがなくなりホッとしたラクダはそのあとすぐにハリネズミの家を出、だれもいない砂漠まで走って帰った。なんて気持ちがいいいんだ……背中にもうなにもない！

ハリネズミは二つのコブを揺らしながらよろよろと窓辺に向かった。

窓辺にすわるとラクダに手紙を書いた。キミを訪ねていちど砂漠に行ってみたいが、キミのほうから来るにはおよばない、と。都合が悪いのだ。早く日が暮れてしまう。ハリが痛む。すでにみんながやって来た。雨が降っている。なにも家に置いていない。もう満員で入れない。寒さがきびしい。

ほかにも理由を考えてすべて書きとめ、雨ときびしい寒さの説明も書き添えて、窓から宙に手紙を放り投げた。手紙が砂漠のほうに飛んでいくのが見えた。

30

もしかしたら近々、はげしい雨が降り、世界じゅうが水浸しになるかもしれない――ハリネズミは思った。砂漠までもが。そうなったら、コイとカワカマスはまちがいなくぼくの招待を受けるだろう。

玄関のドアが開き、水が渦を巻いて家に入ってきた。

「いったいなにが起こったの?」ハリネズミはテーブルの上にのぼりながらさけんだ。

「訪問だよ」ふたつの声が言った。「訪問が起こったんだ」

テーブルのまわりを意気揚々と泳ぎ、ときどき水面から顔を出すコイとカワカマスの姿が見えた。

「こんにちは、ハリネズミ」と言って、ヒレを振っていた。

「こんにちは、コイ、こんにちは、カワカマス」ハリネズミは言った。水はすでに背中のいちばん下のハリに達していた。「あとどのくらいこれがつづくの?」

「もうこれで十分だよ」とカワカマスが言った。「ぼくたちにはね」

水位はもう上がらず、コイとカワカマスは部屋の半分の高さまで打ち寄せる波のなか、心地よさそうにしていた。

戸棚のほうに泳いでいくと、水に浸かったいちばん下の棚に自分たちが食べたことのないさまざまなものを見つけた。ヤナギの紅茶、ハチミツのケーキ、クリーム……。

「ハリネズミ、食べてみてもいい？」

「いいよ」ランプにぶらさがったハリネズミは言った。水位がやはり上がってきていた。

コイとカワカマスは新しい味におどろいて、ときどきさけび声をあげた。

「みんななんておいしいんだ……」カワカマスが言った。

「ほんとうだね、カワカマス」コイも上機嫌で言った。

水位がさらに上がると、ハリネズミは煙突のなかをよじのぼって屋根に這いあがり、自分の家が完全に浸水してしまうのを見ながら、屋根からシナノキに身を移した。

コイとカワカマスは外に泳ぎでて上を仰ぎ、ハリネズミにあいさつした。

「これからゾウのところにあそびに行くよ」

「そう」ハリネズミは言った。

もうシナノキのてっぺん近くまでのぼっていた。

その先は泳がなくてはならないだろう。それ以上、どこにつかまることができるだろうか？　月？　太陽？　そんなことができるものなのか、ハリネズミにはわからなかった。

31

ハリネズミは深呼吸をし、それからしばらく、訪問を受けるものに起こりうる予想外の状況や悲劇について考えていた。途中で自分の考えを疑ったり、意見を変えたりしないようにしながら。もしぼくが手紙を出したら、カラスまでもが訪ねてくるかもしれない——さいごにハリネズミはそう考えた。だがカラスはきっと家の中には入らないだろう。カラスはけっしてどこにも入らないから。

「なんでオレを招待したんだ？」カラスが聞いた。

「だれもぼくを訪ねてこないからだよ」ハリネズミは言った。

「なんでだれも訪ねてこないんだ？」

ハリネズミは答えなかった。

カラスは疑い深げに歩きまわり、耳障りな声をあげた。「ほらな、答えられないだろう？」

「そこで紅茶を飲む？」とハリネズミは聞いてみた。

「オレだけなんだろう？　みんなはなかで紅茶を飲むが、オレはちがう」

「そんなことないよ」

「そうなんだよ！」カラスは十回もつづけてそう言った。「そうなんだよ！　そうなんだよ！……」

それからまた耳障りな声で聞いた。「キミはオレをどうにかしようとしてるんだろう？」

「そんなことないよ」

「そうなんだよ。オレのことを売りとばそうとしてるんだよ。排除しよう、廃棄しようと……」

しだいに金切り声がひどくなっていった。「そのハリはそのためにあるんだよな。オレを串刺しにするためだ。〈串刺し〉っていうんだよな。ほら見て、ぼくはカラスを串刺しにしたんだ、ってな。さあ、カラスを売るよ。キミたち、いくら出す？　いい廃棄物だろう？　怖がる必要はないよ。カラスはもう排除されたんだから……そうやって森のなかを歩いてオレはみんなの見世物になるんだ。串刺しにされたカラス。わあ、いいね。キミが自分で串刺しにしたの？　うん、そのためのハリだからね。ああ、そのためのハリだったのか！　やっとわかったよ。でもまず最初に手紙を書いたんだよ。へえ、そうなの？　うん。なんて書いたの？　キミがあそびに来てくれたらうれしいって。それにひっかかったの？　うん。かわいそうなカラス、なんにでもひっかかるんだから……ほんとにね、信じやすいんだよね……教えてあげようか？　なにを？　なにかにひっかかるのがカラスの役割なんだ。そうなの？　うん。そのためにぼくたちはカラスを発明したんだ。ああ、たしかに。ほら、ちょうどいまここにカラスがいるよ。いつでもなんにでもひっかかるカラスが。これがそうなんだ。ほんとうだ。見て、カラスが串刺しになってる。うん、見事だね。これどうするの？　なにもしないよ。ずっと串刺しにしておくんだ。それが目的だったんだから」

カラスが飛び上がった。「そういうことなんだよ、ハリネズミ、〈目的〉だ。みんなにとっての目的——そしてその目的がオレなんだ！」

大きな声でカーカー鳴きながら、カラスは視界から消えていった。

32

ハリネズミは頭を振って思った——でもロブスターならきっと家に入ってくるはずだ。

ドアが叩き割られた。

「よし」とロブスターが言った。

「こんにちは、ロブスター」ハリネズミは小声で言うと慎重に後ずさりし、窓のわきに立った。

「お客だよ」ロブスターが鋭い声で言った。ハリネズミのすぐそばまで来ると、ハサミを使ってハリネズミの頭からハリを一本、抜いた。

「いたっ」とハリネズミは言った。

「もっと大きな声で」ロブスターはもう一本、ハリを抜いた。

「いたっ」ハリネズミは少し大きな声で言った。

「もっと大きな声だよ」ロブスターが言った。「痛みがいかなるものか、わかってるだろう?」

ロブスターは二本のハリを同時に抜いた。

ハリネズミは瞳に涙を浮かべ、小声で泣きごとを言った。「なんでこんなことするの?」

「なんでだと? 理由が必要なのか? ただなんとなくやってるだけだよ。椅子にすわったらただなんとなく後ろにもたれるだろう? あるいは背中を掻いたり」

ロブスターは一本ずつ、ハリネズミのハリを抜いていった。

ハリネズミは嘆き、うめき、悲鳴をあげたが、そのたびにロブスターはもっと大きな声で嘆くか悲鳴をあげるようにと言った。それではまったく痛さが伝わらないから、と。

さいごにはハリネズミは丸裸になってしまった。ハリは一本たりとも残っていなかった。

「紅茶は出さないのか?」ロブスターは聞いた。

「出すよ」ハリネズミは泣きながら言った。

ロブスターはハサミでハリネズミをもちあげて、ティーポットめがけて投げつけた。「なんという訪問だ……」ためいきをついてロブスターが言った。「たった一杯の紅茶をもらうのにこれほど手間がかかるなんて」

「ごめん」ハリネズミはささやき、なるべく早く紅茶を淹れた。

ロブスターは紅茶を飲み、戸棚のなかにあったケーキのあらかたを食べ、残りは窓から投げ捨てた。

そのあとドアをちょうつがいからむしり取り、一方のハサミの下に抱えて外に出た。

「オレがキミを訪ねた記念だ」ロブスターはドアを指さして言った。「ドアを集めてるんだよ」

「そうなんだ」ハリネズミはすすり泣きながら言った。

「つぎはもっと痛めつけてやるからな」

そこでロブスターは消え、ハリネズミは自分の想像のなかで丸裸にされて震えながら、ぽっかりと穴のあいた玄関に立っていた。冷たい秋の風が家のなかに吹きこんでいた。

窓辺にすわるハリネズミは、部屋のすみに難攻不落のものを造ることに決めた。ロブスターが訪ねてきてもけっして入ることができないように。ほかのだれが訪ねてきても。

33

スズメバチもだ、とハリネズミは思った。目を閉じると、窓の外に、シナノキのとなりのサンザシの枝にとまるスズメバチの姿が見えた。

ハリネズミは窓をあけた。

「こんにちは、スズメバチ。あそびに来たの？」

「うん」スズメバチが言った。

「入っておいでよ」

「入らないほうがいい」スズメバチは言った。「キミのそばに近づくと刺してしまうから」

ハリネズミはうなずいた。それはわかっていた。「ぼくにもハリはあるけど、刺す必要はないんだ」

「ぼくたち、ちがうね」スズメバチはためいきをついた。

ハリネズミはスズメバチのとまっている枝の先にティーカップを置いた。窓から手を伸ばすとギリギリそこに届くのだ。

スズメバチはたくさんハチミツのはいった紅茶を飲みながら、ハリネズミと、刺すことと刺されることについて話をした。

「すごいヘンだよね」スズメバチが言った。「ぼくはどうしても刺さずにはいられないけど、ほかにはやらざるをえないことはなにもない……眠ることも飛ぶこともブンブンいうことも。それぜんぶやりたいし実際にやってるけど、やらざるをえないわけじゃない。でも刺すことは、やりたくないのにやらざるをえないんだ。キミにもそういうことある？」

ハリネズミは考え、「迷うこと」と言った。「ぼくは迷いたくないのに迷わざるをえないんだ。だれかにあそびに来てほしいと願うと、ほんとうに自分がそう願っているか自信がなくなる。ごはんを食べ終わったら、まだなにか食べようか、考えあぐねる。目が覚めたら、起きようかどうしようか迷う。なにをやってもいちいち迷ってしまうんだ。そこが自分でヘンだと思う」

「うん」とスズメバチが言った。「ヘンだね」

どちらも黙って考えていた。もしかしたら〈ヘン〉もやらざるをえないことなのかもしれない。自分が望もうが望むまいが。

そこでスズメバチが聞いた。やっぱりちょっと家に入ってもいいか、と。

「いいよ」とハリネズミは答えた。

スズメバチは窓からはいってきて、ハリネズミの横の窓台にとまった。

「紅茶もう一杯、飲む？」ハリネズミが聞いた。

「うん……えーと……」スズメバチが言った。「つまり……ぼくは……だからその……ああ、もうどうしてもやらざるをえない……」そうしてスズメバチはハリネズミのほうを向いた。

ハリネズミはギリギリ間にあって、テーブルの下に身を隠した。

34

たくさんの訪ねてきてほしくないどうぶつたちについて考えたあと、ハリネズミはベッドに横になった。

疲れていたが、まだ寝るには早すぎた。

だれか訪ねてきてほしいどうぶつのことを考えなきゃ、と思ったが、うまくいかなかった。

ハリネズミはためいきをついた。だれだって、だれに訪ねてほしいか思いつけるはずだ。自分だけがそれをできない。

ぼくのなかのなにかがおかしいのだ、とハリネズミは思った。でもなにが？

自分がハリなしで森のなかを歩いているようすが頭に浮かんできた。冬のことで、ハリネズミはハリのないつるんとしたからだに分厚い黒のコートを羽織っていた。泥のなかを歩きつつ、ハリを恋しく思っていた。

自分で川に投げ捨てて、海に流れ去るのを見ていたのだ。クジラがそれを見つけて背中に刺したかもしれない。

「柵ができたよ。見て！　柵をつくったんだ！」クジラがさけんでいた。ハリがクジラの噴水のまわりを囲んで丸く並んでいた。

雪が降りはじめた。ハリネズミは前進できなくなった。家を遠く離れ、森のはずれのだれも住んでいないところにいた。

ハリネズミは身震いした。いったいぼくのなにがおかしいのだろう？　と思い、さけんだ。「助けて！　助けて！　ぼくのなにがおかしいのか、だれか教えてよ！」だが返事はなかった。

突然、夏になり、とても暑くなったので、あわててコートを脱いだ。あたりは砂漠になっていた。黒のコートはとぼとぼとハリネズミの後ろを歩いていた。太陽にはゾウのような鼻がついていた。時間がハリネズミの首をかじっていた。

そこでハリネズミは眠りに落ちた。

真夜中にビクッと目を覚ました。

「だれかそこにいるの？」ハリネズミはさけんだ。なにか音が聞こえた気がしたのだ。だがそれは風がドアをたたく音だった。

そうっと後頭部をさわってみた。ハリがある。今度は頭の上をさわってみた。ハリがある。背中にもハリがあった。

〈ハリ〉と〈訪問〉と〈ぼくのなにがおかしいのか〉……この三つはどうでもかまわない、とハリネズミは思った。まったくどうでもいいことだ。ほかのすべてはだいじだけれど。そこでハリネズミはまた眠りに落ちた。

35

目が覚めると、部屋のなかはまだ暗かった。床がきしむ音が聞こえてきた。夢を見ているのではない、とハリネズミは思った。それはまちがいない。

なぜ床がきしむのかがわからなかった。夢を見ていたとしたらなにか理由があるはずだ。耳をそばだてたが、もうなにも聞こえてこなかった。

もしかしたらモグラとミミズだったのかもしれない。地面の下に住んでいるのだから。ぼくが招待したら、モグラとミミズは訪ねてくるかもしれない。

もう声が聞こえてくるようだった。

「ハリネズミ！　ハリネズミ！」とモグラとミミズがさけんでいた。

床を下から叩いていた。

「はい」

「いま行くよ！　そっちは暗い？」

夜だったがまだ完全に暗くはなかった。

「ちょっとね」ハリネズミは言った。

「カーテンを閉めて」

ハリネズミはカーテンを閉めた。

「まだ自分の手が見える？」

ハリネズミは目の前に手をかざした。

「多少は……」

「多少は、か。それじゃあダメなんだ」

モグラとミミズはハリネズミにカーテンの上に毛布をかけさせ、すべての隙間をベッドの下のほこりでふさがせた。

それでようやく真っ暗になった。

ギシギシと大きな音がして、そのあとに二つの声がこう言った。「着いたよ」

モグラとミミズが自分の部屋に入ってきたのだろう、とハリネズミは思った。

「こんにちは、ハリネズミ。ここに住んでいるんだね」

「紅茶を飲む？」

「うん、ぜひ。ブラックティーで」

ハリネズミは手探りでブラックティーを淹れ、二つのカップに注いだ。

「おいしい」という声がした。「いや、まずまずおいしいね」

しばらくすると、ハリネズミはからだに二本の腕がまわされるのを感じた。

「どうしたの？」

「いっしょに踊るんだ」どちらかがそう言った。「キミとぼくで。なんて楽しい訪問なんだ！」

モグラかミミズが戸棚の近くから聞いた。「ほかにもなにか食べるものある？」

「なにを食べたの？」ハリネズミが言った。

「ケーキを二つとビンに入ったハチミツ」

「ほかにはなにもないよ」

「これだけでガマンするしかないっていうこと？」

「うん」

忍び笑いが聞こえてきて、ハリネズミはくずおれた。ぼくのことをあざ笑っているんだ、と思った。モグラもミミズもきっと不満なのだろう。

「招待してくれたのはうれしいけどね、ハリネズミ」どちらかが言った。

「でも、もてなしはちょっと貧相だったね」もう片方が言った。

「ケチとまでは言わないけど」

「地下のぼくたちのところだと、埋もれて死ぬほど泥があるのに」

「ごめんね」ハリネズミはつぶやいた。

何時間もたって、ようやく静かになった。帰ったんだな、とハリネズミは思った。

毛布を窓からはずしてカーテンを開けた。

太陽がのぼっていた。

床の真ん中にはモグラとミミズが帰っていった穴があいていた。黒いルームシューズはどこにもなかったので、おそらくもっていったのだろう。

ハリネズミは立ち上がり、外を見た。雨が降っていた。

36

しだいに雨がはげしくなり、ハリネズミはわけもなくアナグマのことを考えていた。いままでアナグマのことなど考えたことがないのに、なぜいまとつぜん考えているのだろう?

玄関のドアのまえに立つアナグマの姿が目に浮かんだ。ためらっているように見えた。

ハリネズミは窓を開けて声をかけた。「アナグマ、あそびに来たの? ぼくが招待したから?」

「うん」とアナグマが言った。

しばらくすると、ハリネズミとアナグマはテーブルをはさんで向かいあってすわっていた。

ハリネズミが紅茶をカップに注いだ。

スプーンで紅茶をぐるぐるかき混ぜたあと、アナグマが言った。「なんの話をすればいいのか、わからないんだ」

「ぼくも」ハリネズミが言った。

「なんの話ができるかな?」アナグマが聞いた。

「わからない」

「ほかのどうぶつがあそびに来たら、キミはなんの話をすればいいか、わかる? それともお客のほうがわかっているのかな?」

「だれもあそびに来ないんだよ」

しばらく沈黙がつづいた。

「怖いんだ」アナグマがまた紅茶をかき混ぜながら言った。「ぼくたちがなんの話もしないんじゃないかって」

「うん」

アナグマが咳ばらいをして言った。「ひどいことだと思わない? ぼくの訪問は失敗したことになるよね」

ハリネズミは黙ってしまった。

家には話題にできそうな事柄を書きだしたリストがあるのだが、もってくるのを忘れたし、なにが書いてあったかも思いだせない、とアナグマが言った。

「引き出しに入ってると思うんだ。帰ったらさがしてみるけど、それじゃあ遅すぎるよね」

「うん」ハリネズミは言った。

アナグマは一瞬、紅茶をかき混ぜるのをやめてハリネズミを見つめた。「それとも、明日、あらためて来ようか？　リストをもって。何時間も話せるくらい書いてあるんだ」

ハリネズミはなにも言わなかった。アナグマに翌日また来てほしいか、わからなかったのだ。

「キミはそんなリストをもってないの？」アナグマが聞いた。

「もってない」

「リストなしでどうやって、なんの話をするかわかるの？」

「それはぼくにもわからない」

アナグマは背筋をただしてすわり、カップを横に押しやり、ハリネズミがリストに載せられそうなものを挙げてみた。夏、海……。

「海……」ハリネズミが小声で言った。「海にはまだ一度も行ったことがないんだ」

「ぼくもないよ」アナグマが言った。「だからこそリストにふさわしいんだ。もしかしたらぼくの家にあるリストに載ってるかもしれない。もし載ってなかったら、すぐに載せるよ」

アナグマはカップを手前に引きよせて、また混ぜはじめた。

「リストをもって来ればよかったなあ……たくさん書いてあったんだ！　何日もキミと話しつづ

けられたのに。リストがあったら〈忘れる〉というのもつけ足せたのに。なにかを忘れること……」

アナグマは頭をふって、黙りこくってしまった。

もう一杯、紅茶を飲み、あたりが暗くなったころ、アナグマは家路についた。

「残念だよ、ハリネズミ」ともう一度、言って。

「うん」とハリネズミは言った。

37

そこでハリネズミはビーバーのことを考えはじめた。ビーバーが訪ねてきたとしたら……無言でぼくの部屋の真ん中に壁をつくりはじめるだろう。

ビーバーが自分とみんなのあいだの壁を好むことを、ハリネズミは知っていたのだ。

目をぎゅっとつぶると、金槌のトントンいう音やノコギリをギコギコひく音が聞こえてきた。

「楽しんでる?」壁の下から向こうに流した紅茶を飲みほし、壁の上から投げたケーキも食べたようすが伝わってきたとき、ハリネズミはそう聞いた。

「いま工事中だから」とビーバーは言った。

ハリネズミ自身はちっとも楽しくなかったが、口に出しては言わなかった。お客が楽しんでいるならば、かまわない。

ビーバーは一日中、壁づくりに励んだ。

「キミの家を分けてるんだ」ビーバーがさけぶ声がどこか高いところから聞こえてきた。

ハリネズミは自分の家の片側の、壁によって半分になったベッドの端にすわっていた。ビーバーは反対側の天井の近くで工事をしていた。

夜になるころにはビーバーのたてる音が聞こえなくなっていた。

ぼくの孤独もいま、分かれているのだろうか？　とハリネズミは思った。二つの半分の孤独に。それは思いつかないほうがよかったような奇妙な考えだった。

左半分の窓の前にすわり、灌木の茂みを眺め、雲が勢いよく空を流れていくのを見た。雲はとつぜん大きくなって空全体を覆い隠すことも、またちりぢりになってあとかたもなく消え去ることもできる。

ぼくがあんなふうに突然、消え去るとしたら……ハリネズミは考えた。そしてだれかがそこに訪ねてきたら……ハリネズミはいないの？　ああ、いないようだ。ちょっと手紙を見てみよう。ほら、ちゃんと書いてある。「ここにキミを招待します……」ぼくだったら、だれかを招待したらちゃんと家にいるよ！　ほかのどうぶつたちもやって来た。みんながぼくの手紙を振りかざし

38

ている。ハリネズミはいないのか？　ああ。でもぼくたちを招待したよな？　そうだよ！　そんなヤツだと思ってたよ、とさけんでいるどうぶつたちがいた――お客が訪ねてきたときにかぎって消え去るようなやつなんだ！　そのあとには、ぼくがそもそもまったく存在しないとさけんでいるどうぶつたちが来る。存在しないの？　ああ、あいつは架空のどうぶつなんだよ。架空のどうぶつは存在しないんだ！

ビーバーの工事の音は聞こえなくなっていたし、壁もどこにも見えなくなっていた。

ぼくは存在している――毛布を羽織ってベッドの端にすわりながらハリネズミはそう思った。なにが存在しないか知ってる？〈あとで〉。〈あとで〉は存在しないんだ。〈いま〉だけが存在する。そして〈いま〉、ぼくは戸棚のところに行って、さいごに残ったイラクサのハチミツを食べるんだ。いちばん上の段の奥にほこりをかぶって何年も存在していたビンだが、その中身がこれからあとかたもなく消え去るのだ。

ハリネズミは戸棚に向かい、イラクサのハチミツのビンを取り、底が見えるまで食べつくした。

食べ終わったハリネズミは家の外に出た。

秋で、はだかの木々のあいだから風が吹きつけ、雨がハリネズミの背中を濡らしていた。

寒さに震えたがすぐになかにはもどりたくなかった。また手紙を取りだして、やっぱり送るべきではないかと考えはじめるのがわかっていたからだ。

ビーバーのことは忘れて自分のハリのことを考えはじめた。ぼくにハリがついていなければ、なにもかもがどんなにちがっているだろう、と。

ハリネズミはぎゅっと目をつぶって、森を歩く自分を想像してみようとした。ハリなしで、ツノをつけて。ひたいに二本のツノ、そして鼻はゾウのように長く、羽根も……脇に二枚の羽根、それに尾翼のようなのもついていて、それで方向を変えるんだ。

うんと集中すると、それらぜんぶを想像してみることができた。そのうえ、チュンチュンさえずり、性格も陽気だったとしたら……。

自分が朝早く、軽やかに大股で森を歩き、陽気にあたりを見まわして、ときどきはどこかの上を飛んだりもする姿を想像してみた。ツグミみたいに歌うように鳴きながら。それでぼくが誕生日で、プレゼントに家をもらうとしたら……オークの木の上にあって海の見える家。そうしたらヤマアラシだけを招待して、ヤマアラシに踊ろうと言われたら、「うん、いいね」と答えるんだ。

ハリネズミはいっそう強く目をつぶって、ヤマアラシと踊る自分を思い浮かべた。ハリなしで、ツノ二つとゾウの鼻と羽根をつけて。羽ばたきをして踊りながらヤマアラシのまわりを漂っていた。ヤマアラシにはまだハリがついていて、それが目も眩むように輝いて見えた。

そこでヤマアラシの顔が曇った。とつぜん立ち止まったヤマアラシはこう聞いた。「いったいぼくはだれと踊ってるんだ?! それが知りたいもんだな!」そうしたら、ハリネズミだよって答えなくてはならないけれど、ヤマアラシは信じてくれなくて、ぼくを詐欺師呼ばわりするだろう。さぐるような目で見つめながら、「だったらハリはどこだ?」と言うだろう。もしかしたらぼくのことを危険分子とみなすかもしれない。

ぼくは危険分子なんかじゃない、とハリネズミは思った。

でもヤマアラシはそう言わないかもしれない。「わかってるよ、ハリネズミ。ちゃんとキミがだれかって。キミは世界でいちばんきれいでとくべつなどうぶつだ」そう言ってぼくを抱きしめ、また踊りはじめるんだ。

ハリネズミは家の中にもどった。風が壁を打ち、雨が横殴りに窓に吹きつけていた。考えるのはそこまでにしておこう、とハリネズミは思った。ヤマアラシがそう言って、いっしょに踊るところまでだ。その先は考えない。考えに線を引いて、それ以上は考えられないようにできればいいのに。でもハリネズミにはわかっていた。それは無理だということが。いつでも先を考えてしまうし、いつまでたっても自分はハリネズミのままで、ハリがついているのだということが。だれかが訪ねてくることなんてないし、ましてやだれかが自分とダンスを踊ることなどけっしてない、ヤマアラシとでさえもないということが。いまは秋で、もしかしたらずっとこのまま秋かもしれないということが。

39

しかしそこでハリネズミは、ハリが左右に激しく揺れて軋むほどからだを揺さぶって、ナイチンゲールのことを考えはじめた。ナイチンゲールが訪ねてくるかもしれない！　と。

春の夜の薄暗がりのなか、ナイチンゲールは開いた窓から飛んではいり、テーブルの隅にとまった。

「こんにちは、ナイチンゲール」

「こんにちは、ハリネズミ」

いっしょに紅茶を飲みながら、歌をうたってくれないか、ハリネズミはなにげなく聞いてみた。

「いいよ」とナイチンゲールは言った。

くちばしを開けると、ナイチンゲールは哀愁に満ちた歌をうたった。ハリネズミは自分の頬に涙がつたうのを感じた。

不思議だ、とハリネズミは思った。痛いわけでも悲しいわけでもないのに、涙はほとばしりつづけた。

ナイチンゲールが歌いおわったとき、ハリネズミはテーブルの下にもぐって涙を拭いてから出てきた。ナイチンゲールに涙を見られなかったことを願って。

もう一杯ずつ紅茶を飲んで別れを告げ、ナイチンゲールは夜の闇に消えていった。

ハリネズミは暗闇のなかでしばらくすわったままでいた。なんてきれいな歌だったんだろう、と思いながら。

ナイチンゲールがいなくなったいま、もう一度、涙を流したかったが、そうはならなかった。

立ち上がり、紙にこう書いて鏡の横に貼った。


ぼくはなにも知らない。ほんとうになにも。


自分がなぜそう書いたのかわからなかったし、なぜわざわざ貼ったのかもわからなかった。もしなにかを知っているとしたら、それは自分がなにも知らないということにほかならないのだから当然だ。

頭がミシミシ音を立てていた。ナイチンゲールのせいだとハリネズミは思った。

そこでハリネズミは全力をふりしぼって、自分がとてもよくわかっていることを考えはじめた。眠りたいということだ。

ベッドにはいって毛布をかぶると、ナイチンゲールが歌うのが聞こえてきた。また涙が頬をつたっていた。しあわせの涙、とハリネズミは思った。これはしあわせの涙なのだ。

40

だが眠りは訪れず、ナイチンゲールが頭のなかで歌をうたいおわったとき、今度はクラゲのことを考えていた。おかしいな、とハリネズミは思った。クラゲのことなど考えたこともないのに！

波にゆらゆら揺れるクラゲの姿が頭に浮かんできた。太陽がかがやき、遠くのほうではトビウオがときおり宙を飛んでいた。

ハリネズミから招待状を受け取ったクラゲはぜひ行きたいと思ったのだが、どうすれば行けるだろう？

クラゲはあたりを見わたした。海岸まで泳いでいかなきゃだめだ。でもそのためにはヒレと尾が必要だ。どうすれば手に入れられるか？

もし手に入ったとしたら海岸まで泳ぐ。その先、森まではどうやって行こう？

クラゲはしだいに深く考えていった。そのためには翼が必要だが、それはどうすれば手に入るのか？　そして森のどこに行けばいいかはどうすればわかるのだろう？

どうすれば、どうすれば、どうすれば……いつだってそればかりを考えていた。朝、磯波のなかで目をさますと、どうすれば起きていられるか考えるし、夜、寝たいときには、どうすれば眠りに落ちるか、どうすれば自分がアホウドリかイルカになった夢を見られるか、考えるのだ。そして昼間、波にぷかぷか浮かんでいるときにはいつでも同じことを考えていた——どうすればしあわせになれるか、ということだ。クラゲは自分がしあわせだとは思っていなかったのだ。

風が強まり、クラゲは沈んだり、また浮かんだりした。

そしてもし翼を手に入れてハリネズミの家まで飛んでいったとしたら、どうやって着地すればいいのだろう？

クラゲは四本の足を想像してみた。でもどうすればそれが手に入るか？

そのつぎにはコートを手に入れなければならない。できれば濃紺がいい。クラゲは青が好きだった。夏の海の色だ。それから青い帽子と靴も必要だ。まだ一度も歩いたことのない足をなにかとがったものにぶつけるにちがいないからだ。

そしてヒレ、尾、翼、靴をはいた四本足、濃紺のコートと青の帽子というういでたちで——どうやってそれらすべてを手に入れたのか考えるのをやめて——ようやくハリネズミの家にあがったとしたら、どのようにふるまい、ハリネズミがクラゲだとわからなかったらなんと言えばいいのだろう？「クラゲだよ、あそびに来たんだ」？ああ、クラゲさんだったんですか！とハリネズミが言うかもしれない。どうやってここまでいらっしゃったんですか？そう、どうやって……それからどこかにすわって、ハリネズミが紅茶を飲むか、どんなふうにして飲みたいか聞いたとしたら……紅茶にはどんな飲み方があるんだろう？

クラゲは頭をふって思った。訪問するのはやめておこう。でもどうすればそれをハリネズミに知らせることができるだろう？そうしてクラゲはまた沈み、また浮かび、また沈んだ。

41

「ハリネズミの家ではなにをするんだ？」ゆっくりと前進しながらカタツムリが聞いた。

「わからない」とカメが言った。

「わからない、わからない……キミにはいつだってなにもわからないんだよな？」そう言ってカタツムリはまた立ち止まった。「訪問にいくのに、そこでなにをするかさえわからないんだ。そんなことがあるのかよ！自分がほんとうはだれなのか知ってるのか？」

「いや」とカメは言った。

「イグノラムスだよ。縞模様だったら、シマイグノラムスになるところだ（〈我々は知らない、知ることはないだろう〉を意味するラテン語〈イグノラムス・イグノラビムス〉より）」

「縞模様はもっていないんだ」

「キミはなにひとつ、もってないんだよ」

カメが下を向いて言った。「踊ればいいのかもしれない」

「踊るだと！」カタツムリはツノを真っ赤にしてさけんだ。「だれと踊るんだ?!　クジラとでも踊るつもりか?!」

「いや」カメがそっと言った。「ぼくたちが踊るんだよ」

しばらく沈黙がつづいた。カタツムリは考えていた。「またいつもの突拍子もない思いつきだよ……」とぼやきながら。

だがしばらくするとカタツムリとカメはとても慎重に、とてもゆっくり、踊ってみていた。ハリネズミの家に着いたとき、心の準備ができていなくて戸惑うことがないように。

ぶつかりあったり足を踏んだりして、何度か「いてっ」と言ったあとに、踊るのをやめて立ち止まることにした。

「うまくいかないね」とカメが言った。

「ほらな！」一瞬、カタツムリは泣きだしそうに見えたが、ぐっとこらえた。

「ハリネズミが踊ろうかと言ったら、ぼくたちはしずかに立ち止まっているほうがいいと言おう」カメが言った。

「立ち止まっているのもダンスの一種だって言うんだよ」カタツムリが言った。「〈タチドマリ〉っていう名前なんだ」

カタツムリとカメはしばらくそのまま立っていて、それからたがいのからだを離した。カメはふたたび歩みはじめた。カタツムリは立ち止まっていた。

「いまぼくたちがハリネズミのところに着いたことにして……」路のわきに生えているトゲの生えた草を指さして、カタツムリが言った。「あれがハリネズミだ。こんにちは、ハリネズミ。あそびに来たよ。こちらがカメ。ぼくのことは知ってるよね。カタツムリだよ。ぼくたち、踊りにきたんだよ。スローテンポのタチドマリダンスだよ」

「さあ、もう行こうよ」とカメが言った。

「なんだよ、つまんないヤツだな！」カタツムリがさけんだ。「せっかくハリネズミの家に着いたところだったのに！」

42

ベッドに横になり目を閉じていると、あそびに来たいと思っているどうぶつたちの姿がつぎつぎと浮かんできた。

夜になったばかりで、どうぶつたちは森の木々のあいだから姿を現わした。だがみんな一定の距離を保ち、近寄ってはこなかった。

「ハリネズミ！」とみんなが呼んでいた。「キミに招待されたけど、ぼくたち、キミのことが怖いんだ！」

ハリネズミは玄関のドアの前に立っていた。家のなかは小さな旗やちょうちんで飾りつけてあり、あちこちにケーキが置いてあった。どうぶつたちが訪ねてくるのを楽しみにしていたのだ。

「怖がらなくてもいいんだよ」ハリネズミはさけびかえした。「なにも怖いものはないんだから」

「でもぼくたち、怖いんだよ。ハリだけでも十分、怖いんだ……」

どうぶつたちは近づいてこなかった。

そこでハリネズミは部屋のなかのちょうちんをひとつずつ自分のハリの先に結びつけて、あらためて外に出た。何百ものちょうちんが揺れて、ハリネズミのまわりの木々と灌木の茂みを明るく照らしていた。

「まだぼくのことが怖い？」ハリネズミはさけんだ。

どうぶつたちは一歩一歩、近づいてきた。

だがいちばん前のどうぶつがハリネズミの間近まで来たとき、ひとつのちょうちんが燃えだして、すぐにぜんぶに燃え移ってしまった。ハリネズミは絶叫し、燃えさかるたいまつのようになって家のなかに駆けこんだ。

夜が更けていた。雨が屋根に叩きつける音におどろいて、ハリネズミは目をさました。

夢を見ていたんだ、と思い、ベッドの端にすわった。なんで夢を見ずにぐっすり眠れないんだ？

ぼくだってきっと怖がるはずだ、とハリネズミは思った。ハリときたら……まったくなんてヘンな、恐怖をかきたてるものなんだ！

毛布の下にもぐったハリネズミはまだ手紙を送るかどうか、考えあぐねていた。

ぼくはヘンで恐怖をかきたてて孤独で自信がない。ぼくにはハリがあって、それでもだれかにあそびに来てほしい。でもやっぱりだれにも来てほしくない……ハリネズミはそう思った。

いったいぼくはなんてどうぶつなんだ！

そうしてハリネズミは眠りに落ちた。

43

翌朝、目をさましてまず最初に考えたのはコフキコガネのことだった。コフキコガネならきっと訪ねてくるだろう！

こちらに向かって飛んでくる姿が目に浮かんできた。

「楽しみだなあ、ハリネズミ！」遠くのほうからすでにそうさけんでいた。

「こんにちは、コフキコガネ」自分のまえに降り立ったコフキコガネにハリネズミが言った。

いっしょに部屋に入るとコフキコガネがよろこびに輝いた。部屋のなかを見まわして「なんて居心地のいい部屋なんだ、ハリネズミ」と言った。

「そう？」

「ぼくはどこでも居心地いいと思うけど、ここがいちばん居心地いいよ」コフキコガネはすわった。「かつてどこかでここほど居心地いいと感じたことがあったという記憶がないんだよ」

ハリネズミが紅茶を淹れるあいだ、コフキコガネはうしろに立って、いままでだれのところにあそびに行ったことがあるか話していた。だれのところでも居心地よかったが、それぞれの家の居心地よさには小さな差があるということも。コフキコガネは例を挙げて、どの点においてある家はべつのある家よりも居心地がよかったか、説明した。

「でもここがすべての家のなかでいちばん居心地いいんだよ」さいごにはそう言った。「そこのところは誤解がないようにしてくれよ、ハリネズミ！」

「うん」ハリネズミはうなずいて、ティーカップをテーブルに二つ並べ、紅茶を注いだ。

紅茶を飲みながらコフキコガネは話した。訪問のさいしょから居心地がよかったけれど、どんどんますます居心地がよくなっている、と。

「信じがたいほどの居心地のよさだよ」コフキコガネはがばりと立ち上がり、テーブルを倒した。ティーカップが床に落ちて壊れ、熱い紅茶がハリネズミにかかった。「いつかどこかでこれほど居心地がよくなるとは知らなかったなあ！」

コフキコガネは楽しさ余ってハリネズミの肩をたたき、「いてっ！」とさけんでまたすわった。自分の手のひらを見てハリを抜き、一瞬、ぐっと痛みをこらえて言った。ひどい痛みだがそれさえも居心地のよい痛みなのだと。

そんな痛みがあるとはハリネズミには初耳だった。

あらゆることが居心地よくありうるのだとコフキコガネは言った。悲しみや絶望までもが。

「絶望していることが、ときにどれほど居心地のよいことか、キミには想像もつかないよ！」血の出た手をふりまわしてコフキコガネはさけんだ。

ハリネズミはうなずいて考えた。孤独も、もしかしたら居心地のよいことでありうるかもしれないと。でも声に出しては言わなかった。

コフキコガネはハリネズミが淹れなおしてくれた紅茶を一口飲み、しばらく考え込みながらカップのなかを見つめ、それからうしろにもたれて言った。「正直に言わせてもらうと、ぼくはキミが世界じゅうに存在するどうぶつたちのなかでもっとも居心地のよいどうぶつだと思うんだよ、ハリネズミ」

「ぼくが?」ハリネズミは目を見開いてコフキコガネを見つめた。

「うん、キミが!」コフキコガネはさけんだ。「さあ、踊ろう」

コフキコガネは立ち上がり、ハリネズミを抱こうとしたが、ハリネズミはテーブルの下にもぐってしまった。

コフキコガネはガッカリしていた。「でもね、これほど居心地よくガッカリしたのははじめてだよ」

ハリネズミはテーブルの下で息をとめてコフキコガネが出ていく音を聞いていた。外で会っただれかに、居心地のよい秋だね、これで居心地よく雨が降ればいっそういいのに、と話す声が聞こえてきた。

44

部屋のなかを行ったり来たりしながら、あそびに来てくれそうな新たなどうぶつたちをずっと想像しつづけていた。知っているどうぶつはもちろん、知らないどうぶつや、ずっと昔に絶滅して来たくても来られないどうぶつのことも。

ハリネズミはめずらしいどうぶつたちを思い浮かべてみた。

何時間も考えながら歩きまわった。

自分の知っているどうぶつたちが自分と同じようなハリをもっていることも想像してみた。

みんながやって来た。ハリが枝にひっかかるので木のぼりのできなくなったゾウ。さっきまでケーキのなかでころがりまわっていたせいでハリからハチミツが滴るクマ。ビロードでできたハリをつけたチョウ。水からハリだらけの頭をもたげ、おどろいて見つめあうコイとカワカマス。なんでもお見通しのハリをもつアリ。ミミズに自分のハリをつまびかせるモグラ。それぞれのハリが手紙をしたためているフクロウ。ハリがぜんぶ小型の家になっているカタツムリ……。

みんながハリをもっていて、ハリネズミを訪ねてくるのだ。

「ハリネズミ！　ハリネズミ！」みんながさけんでいた。何千ものどうぶつだ。ハリのついたツバメが地面に降りたった。ハリのついたネズミが駆けてきた。ハリのついたシジュウカラが窓をコツコツ叩いていた。

そこでハリネズミはいままでにもよくやってみたように、ハリのない自分を想像してみた。

「ハリネズミ！　ハリネズミ！」みんながふたたびさけんだ。

玄関のドアを開け、戸口に立っていた。朝日を浴びて、すべすべの肌を光らせて。

世界じゅうでハリの生えていないどうぶつはハリネズミだけだった。

みんなが驚きに満ちた目でハリネズミを見つめていた。

「そんなバカな……」とつぶやいている。

怖がって逃げていくどうぶつがいた。その場にへたりこむどうぶつもいた。手で目を覆い隠し、「ハリネズミよ、ハリネズミ、なんてことをしてくれるんだ……」とささやくものもいた。

だれも近寄ってこなかった。

「あそびに来たの？」とハリネズミは聞いた。

「そのつもりだったけど、もうやめたよ」とみんながさけびかえした。

「紅茶とたくさんのケーキがあるんだ」

その言葉につられて近寄ってきそうなどうぶつたちが見えた。茶色いハリグマは、一歩前に踏み出そうとさえした。

でもだれも近寄ってこなかった。ハリネズミとどう接していいかわからない、ヘンなハリだらけの自分たちのことを小さく弱い存在に感じると言い、みんなそろって森や川、地面の下に消えていった。

ハリネズミは家のなかにもどった。

そっと背中をさわってみた。ちゃんとハリがあった。ハリネズミはどうぶつたちにこうさけびたい気持ちになった。「ぼくはキミたちの仲間なんだよ！　ぼくにもハリがあるんだ！」と。でもその声はもはやどうぶつたちには届かなかっただろう。

ハリネズミはテーブルに向かった。「だれもぼくを怖がる必要はない」と小声で自分につぶやき、みんながそれを信じてくれることを願った。

頭を腕の上にのせて、ハリネズミは眠った。

45

でもしばらくすると、驚いて目をさました。

どのくらい眠ったのだろう？　何日も眠っていたかもしれない。冬じゅうずっと眠っていたの

かも。ぼくときたら、まるでいつでも眠っているようだ……。

だが外を見ると木々の葉が舞っているのが見えて、まだ秋だったのだとハリネズミは思った。

窓辺に立つと、カタツムリとカメのことが頭に浮かんできた。自分が手紙を送っていたら、カタツムリとカメはまだこちらに向かっている途中だろう。

ぎゅっと目をつぶると、頭のなかでカタツムリのぼやく声が聞こえてきた。

「なんでハリネズミはぼくたちのことを招待したんだろう?」

カメは黙っていた。

「なんで自分を招待しなかったんだろう? そうしたら自分で自分のところにあそびに行けるのにな」

「どうやって?」カメが聞いた。

「どうやってってどういうことだよ?」

「どうやって自分のところにあそびに行けるの?」

「どうやってオレにそんなことがわかる?!」カタツムリが言った。「またキミの〈どうやって〉がはじまったよ。これはどうやって? あれはどうやって? ってな。オレがハリネズミの家にあそびに行くわけじゃないだろう?」

「そうなんだよ」

「なにが〈そうなんだよ〉なんだ?」

「ぼくたちがハリネズミの家にあそびに行くっていうこと。キミもだよ」

「ますますすばらしいことになってきたな」

「そうなんだよ」

「そうなんだよ、そうなんだよ……またキミの〈そうなんだよ〉がはじまった……なんでキミはじっと止まっていないんだ？」カタツムリはしばらく考え、こう言った。「なんでキミはカラをもってないんだ？」

「ぼくは甲羅をもってるから」カメが言った。

「甲羅！　そうだよな！　甲羅をもってるんだもんな！　いいこと教えてやろうか？」

「なんだい？」

「だれでも甲羅をもってるんだよ」

「そんなことないよ」

「そうか?!　だれが甲羅をもってない？」

カメはしばらく考えてから小声で言った。「ゾウ」

「ゾウ！」カタツムリはさけんだ。「ゾウは巨大な甲羅をもってるんだよ！　でもカラはもってない」

「うん、カラはもってないね」カメは言った。もう早く先に進みたかった。

「そうだろう！」カタツムリはさけんで誇らしげにまわりを見まわした。「ゾウはカラをもってない。オレの言うことが正しいってわけだ」カタツムリは少しだけ前に滑りだし、またそこに立ち止まった。

ハリネズミは窓辺で目をあけて、カタツムリとカメに手紙を書かねば、と思った。親愛なるカタツムリとカメへ、もしキミたちがぼくからあそびに来るように手紙をもらったら、来る必要はありません。そのことでキミたちのことを悪く思ったりしません。一度、ぼくのほうがキミたちのところにあそびに行きます。いますぐではなく、いつか機が熟したら。ハリネズミ

後頭部をかいていると、カタツムリがぼやく声が聞こえてきた。「必要、必要……またハリネズミの〈必要〉がはじまったよ」もしかしたらカタツムリはほんとうに腹を立てて、逆に来ようとするかもしれない。だれよりも早くいちばんに。カメをうしろに従えて走りだし、もうすぐここになだれ込んでくるかもしれない。

そんな手紙はいずれにしても送らないことにして目をぎゅっとつぶると、またカタツムリとカメの姿が浮かんできた。ゆっくり進んでは立ち止まり、ぼやきながら、互いから離れられずにいる姿が。

46

そこでハリネズミはバイソンのことを思った。だれよりも足の速いバイソンもあそびに来るかもしれない。

はるか遠く、草原《ステップ》にいるバイソンの姿が頭に浮かんできた。バイソンの前に手紙が舞い落ちた。手紙だ！　バイソンはまだ一度も手紙をもらったことがなかった。ぼくの家にあそびに来て、というハリネズミからの招待だった。

バイソンは感動し、すぐさま草を食《は》むのをやめて森にむかって走りだした。ハリネズミの家に！

ハリネズミの家にあそびに行くんだ！　ハリネズミっていったいどんな姿をしてるんだっけ？　バイソンには見当もつかなかった。もしかしたらハリネズミも草を食んだり走ったりすることやステップが好きかもしれない。でもステップに来たことがないということもありうる。

バイソンはできるかぎり速く走った。もしかしたらハリネズミを連れてステップにもどり、いっしょに走ったり草を食んだりするかもしれない。どちらもとっても孤独だから……そうしたらいっしょにしあわせになれるだろう。青空の下、草の匂いをおもいきり吸って大地を踏みしめ、はるかかなたには青い山々のいただきが、まるで地平線で踊っているように見える。そして頭上のはるか上に太陽が輝き……。

バイソンは何日も走りつづけた。もしかしたらハリネズミはもともとステップから来て、そのことを忘れてしまったのかもしれない。もしかしたら自分自身もどこかから来たのに、そのことを忘れてしまっているのかもしれない。かつて天空から落ちてきたのかも……以前は空を駆けめぐり、星々のあいだで草を食んでいたのかもしれない。ひょっとして、夜、空を身近に感じるのはそのためだろうか……。

バイソンは湿地を歩いて渡り、灌木と下藪をかき分けて進み、川を泳いで渡り、森のいちばん最初の木々にぶつかった。もうハリネズミの家のすぐそばまで来ていた。ぼくたちは友だちになるだろう。ハリネズミは自分よりも速く走れるかもしれない……でもどちらかが息をきらしたら、もう片方がちゃんと待ってあげるのだ。そしておたがいにいちばんおいしい草を教えあうのだ。

バイソンはどんどん速度をあげていった。「ハリネズミ！　ハリネズミ！」ともうすでにさけんでいた。森の空き地を通りすぎた。あそこにある家、あれがハリネズミの家にちがいない――バイソンはそう思ったが、速度を落とすことができず、大きな声で意気揚々と声を上げながら、玄関のドアを突き破ってハリネズミの家に入り、家の裏手でようやく止まった。

「ハリネズミ！　来たよ！　バイソンだよ！　いっしょにステップに行く？」とさけんで後ろを振り向き、壁にあいた穴から家のなかを見た。そこにはランプにつかまって揺れるハリネズミの姿があった。なんとか間に合ってつかまることができたのだ。

47

書記官鳥、とそのときハリネズミは思った。ショキカンチョウも遠く離れたサバンナに住んでいる。ハリネズミが招待したら、ショキカンチョウは手紙を送ってよこすだろう。でも自分で訪ねてくることはない。だれかを訪ねることはけっしてないからだ。ハリネズミは咳ばらいをした。ショキカンチョウにはそもそも〈自分〉というものがないのだとアリに聞いたことがあった。

目をぎゅっとつぶると、開いた窓から手紙が吹き込み、部屋をしばらく舞ったあと、テーブルの上でくつろいでいるようすが頭に浮かんできた。

手紙を手に取って光にかざして読みはじめた。

それは心のこもった手紙だった。どの言葉も温厚かつメロディアスで、ハリネズミに読んでもらってうれしいことが伝わってくるものだった。言葉たちはぜひハリネズミを訪ねたいと思っていて、歓迎してもらえることを望んでいた。

ハリネズミはひとつひとつの言葉をゆっくり慎重に読み、ときには三、四回、読みかえした。

手紙を読み終わったとき、ハリネズミは思った。言葉たちになにか出さなくてはならないだろうか？　言葉たちはなにが好きなのだろう？　紅茶やケーキではないはずだ。

ハリネズミは後頭部のハリのあいだをかいて、〈関心〉だと思った。言葉たちは〈関心〉を好んでいるのだ。

自分のもっている〈関心〉をすべて言葉たちにあげてもう一度読みなおすと、ますます美しく、ますます陽気な文章に変わっていった。

さいごには言葉たちがハリネズミをつかんで椅子から立ち上がらせて、部屋のなかをいっしょに踊らせた。ハリネズミの首にぶらさがり、ハリのあいだをくすぐり、言葉のなかの〈お〉や〈う〉でそっとハリネズミのくちびるに触れたりもした。

一語一語が慎重にえらばれた、至高の言葉だった。

いままでで最高の訪問だ、とハリネズミは思った。

「ぼくたちに返事を書いて……」言葉たちがささやいた。「おねがい……」

そこで言葉たちは姿を消した。あとに残ったのはなにも書かれていない紙とテーブルだけだった。

目を開けたハリネズミは思った。ショキカンチョウに手紙を書かなくちゃ。

紙を自分のほうに引き寄せてこう書いた。

親愛なるショキカンチョウ、
近々、ぼくに手紙を書くようにお招きします。たくさんのきれいな言葉とぼくの知らないめずらしい言葉を使って書いてください。わかるまでに何度も読み返さなくてはならないように。
でもあなたはきっとそんな手紙をぼくには書かないでしょう。でなければ

突然、そのあとになんと書きたいのかわからなくなってペンを置いたハリネズミは、ふたたび目を閉じた。

風が吹き、窓からふたたび手紙が舞いこんできた。

ショキカンチョウからだ！　と思ってすぐに開けると、こう書かれていた。

親愛なるハリネズミ、
でなければ、なに？

ほかにはなにも書かれていなかった。

ハリネズミは頭をテーブルの上の手紙に横たえて思った。これが〈不確実性〉ということなのかもしれない——それがなにを意味するのかはアリにさえわからなかったが。

48

ふたたびからだを起こすと頭をふって、ハリネズミは、自分が招待したらかならず訪ねてくるどうぶつたちに意識を集中しようとした。

世界の反対側に住み、まだ一度も森に来たことのないミーアキャットのことが頭に浮かんできた。

「キミがハリネズミ？」ミーアキャットが聞いた。

「うん」とハリネズミが答えた。

「招待状を受けとってやって来たよ。ぼくはまだ一度もだれかのところを訪ねたことがないんだ。なにをすればいいの？」

「なかにはいって」ハリネズミは言った。

「そうしなきゃダメ？」

ハリネズミはうなずき、ミーアキャットが部屋にはいった。

「すわって」とハリネズミはうながした。

「それもやらなきゃダメなの？」ミーアキャットは不安げに部屋のなかを見まわした。

ハリネズミはまたうなずき、椅子を示した。

「あの上にすわらなきゃダメなの？」

「床の上でもかまわないよ」

ミーアキャットは床の上にすわった。

「こんどはどうするの？」

「紅茶を飲む？」

「飲まなきゃダメ？」

「ううん、飲まなくてもいいんだよ」

「訪問したら、しなきゃいけないことはなに？」

「いや、とくにないよ」

「じゃあ、訪問というのはなんのためにあるものなの？」ミーアキャットがたずねた。

むずかしい質問だとハリネズミは言った。「わからないよ」

「もしかして、なんのためでもないのかな？」

ハリネズミはしばらく考えてから言った。「もしかしたら、あとで楽しくなるかもしれないよ」

「ということは、いまはまだ楽しくないっていうこと？」

ハリネズミは黙ってしまった。

「わからないの?」ミーアキャットが言った。

ハリネズミは黙りつづけ、長いあいだ、ミーアキャットと向かいあってすわっていた。

自分のさいごの質問に対する答えを待っていたがいっこうに答えが返ってこないので、ミーアキャットはこう聞いた。「訪問はもうすぐ終わりなの?」

「うん」

「いま?」

「うん、いま」

ミーアキャットは立ち上がって外に出ると、数歩、歩いたところで振りかえって言った。「今後はぼくと連絡は取れないよ。手紙やその他の手段による招待も受けつけない」

「わかったよ」ハリネズミは言った。「さよなら、ミーアキャット」

でもミーアキャットはすでに灌木の茂みに姿を消していて、ハリネズミの声は届かなかった。

49

あるいは、とハリネズミは思った。オナガキジ(オランダ語では〈王のキジ〉)がある朝、抜き打ちで訪ねてくるかもしれない。きちんと羽根を撫でつけたオナガキジが大股で部屋に入り、冷たい視線であたりを見まわす。陽光が羽根の先を照らすよう窓の斜めまえに立ち、ハリネズミをなめまわすように見るのだ。点検、とオナガキジはそれを表現した。

オナガキジが訪ねてくるとわかっていたら、家じゅう念入りにそうじをし、自分のハリも一本一本、洗って磨くだろう。

すべてが輝くはずだ。たまたまハリネズミの家のまえを通るどうぶつたちは、窓に反射する太陽に目がくらみ、あわてて通りすぎるだろう。

ハリネズミはそんなふうにオナガキジを迎えることだろう。

でも、そんな準備もまったく役に立たないのだ。

オナガキジは情け深く頭をふり、「みすぼらしいハリネズミ」と言うだろう。そうして椅子の上に楽々と跳び乗り、首を伸ばして戸棚の上を見るだろう。

「見たまえ……」と言って、近くに来るようハリネズミに命じ、戸棚の上にあるほこりを見せるのだ。

「そなたの不手際であるな、ハリネズミ」そう言って、また床に跳びおり、それ以上はなにも言わずに、鼻にしわを寄せて大股に出ていくだろう。

でもオナガキジはぜったいに来ないはずだ、とハリネズミは思った。たとえ哀願したとしても、自分などオナガキジにとっては存在しないも同然だった。

ハリネズミは眉をしかめ、ハリをぴんと立てた。

でももしもオナガキジがやって来て、たった一つまみほこりがあったからと鼻にしわを寄せて大股に家を出ていったとしたら、ハリネズミは——勇気をかき集めることができれば——うしろから声をかけるだろう。「オナガキジ！」するとオナガキジは立ち止まり、美しい背中ごしにうんざりした視線を投げてよこし、鼻も眉もしかめるにちがいない。

「あなた自身が不手際です！」なるべくけたたましい声でそうさけぼう。

まったくのたわごとであることはよくわかっているが、そう言うだけで満足感を得られそうだ。

満足感か、とハリネズミは考えた。ぼくはなにから満足感を得られるだろうか？　もうオナガキジのことは忘れていた。

自分の古い、ほこりっぽい家のなかを見わたした。手紙を出したらここにどうぶつたちが訪ねてくるわけだ。満足感をあたえてくれそうなものは部屋にはなにも見当たらなかった。

ぼくのハリ、とそのときハリネズミは思いついた。ハリはぼくに満足感をあたえてくれる！もちろんそうだ！

ハリへの誇りで胸がふくらむのを感じつつ、ハリネズミは思った。

よし、みんなに来てもらおうじゃないか、と。

50

部屋のなかを行ったり来たりしていたハリネズミの頭のなかに、突然、ゴーッという巨大な音が鳴り響いた。波が激しく打ち寄せる音と風がうなる音のあいだのような音だった。

クジラだな、とハリネズミは思った。あいつはどこにでもやって来るんだ。

オークの木のてっぺんのはるか上をクジラが飛んでくるようすが目に浮かんだ。

クジラが下を見た。

「ここにハリネズミが住んでいるの？」とさけんでいた。

どうぶつたちが空を見上げてさけび返していた。「こんにちは、クジラ。キミも招待されたの？　ハリネズミ、あそこに住んでるんだよ」みんなが自分の家のほうを指さしていた。

「キミたちはもうあそびに行ったの？」クジラがたずねた。

「まだ。あとで行くよ」どうぶつたちが答えた。

クジラは注意深く下降し、ハリネズミの家の玄関の前に浮かんでいた。

「ここに着陸できる？」とクジラがさけぶ声を聞いて、ハリネズミは外に出てきた。着陸とは……。「さあ、どうだろう」

「じゃあ、ここに浮かんでいようか？」

「うん、そうだね」

しばらくすると、ハリネズミが紅茶の入ったカップ、ケーキ、塩辛いクリームと塩水を外にもってきた。長旅のあとでクジラはのどが渇き、おなかがすいていたのだ。

ときどきクジラはためいきをついた。「浮かんでるのは泳ぐよりもむずかしいんだ」

「どこかで休みたい？」ハリネズミは聞いた。

「そうだね」

ハリネズミはテーブルを出してきて、クジラはその上に気持ちよく横たわった。「このほうがずっといい」クジラは言った。

ハリネズミはクジラのためになにかしてあげることができてうれしかった。

テーブルの上から窓のなかを覗いていたクジラが言った。「なんでキミは海に住んでないの？」

「わからない」海に住むことは考えてみたことがなかった。

「みんなが海に住んでたらいいのになあ」クジラはためいきをついて言った。「キリンもコオロギもアリも……どんなに楽しいだろう……おたがいを訪ねあって……パーティーやって……ぼくの噴水のまわりで仮面舞踏会を開くんだ……」

クジラは尾をぴんと立てて言った。「ああ、もう少しで忘れるところだった。おみやげがあったんだ」

「ぼくに？」ハリネズミがおどろいて言った。

「そうだよ」

それは小型の噴水だった。

クジラはそれをハリネズミの背中のいちばん上のハリのあいだに取りつけて、スイッチを入れた。

水が上に噴きだして、ハリネズミの背中をつたって流れた。

見るにはよかったが、ハリネズミには自分がそのプレゼントを喜んでいるかどうかわからなかった。

「止めるときはどうするの？」ハリネズミは聞いた。

「自動的に止まるんだよ」クジラは言った。

ハリネズミの家のまわりの森が徐々に浸水しはじめた。クジラののったテーブルが浮かんできて、しばらくするとクジラは泳いで家のなかに入っていった。

「このことを言ってたんだよ」満面の笑みでクジラが言った。「みんなが海に住んでるって」

「どうなってるの?!」あちこちからさけび声が聞こえてきた。どうなっているか、目撃したどうぶつたちもいた。ハリネズミが噴水をつけてたよ。えっ、止められるの？　止められないみたいだよ。おやまあ、なんと……。

クジラはそのあいだに玄関から外に出てきて、泳いで海に帰っていった。「楽しかったよ！ハリネズミ」とさけんで。「ヘンな訪問だったと思ってる？」

「思ってるよ！」とハリネズミはさけび返した。

「キミも一度、ぼくのところにヘンな訪問をしてごらんよ。いっしょに楽しもうよ！」

沈まないようになんとか顔を水面から出していたハリネズミは、もうなにも答えなかった。

51

ハリネズミは窓辺にすわり外を見た。木々のあいだにたちこめた霧が上にのぼっていた。

どうぶつたちはなにか特別なことをぼくに期待しているかもしれない、と思った。テーブルに並んだいくつものケーキ。百種類もの紅茶。合唱団。家に入って部屋を見まわしたとたんガッカリして、こう言うかもしれない。「なんのために来たんだ……これでおもてなしのつもり？　これじゃあ訪問とはいえないよ」そしてぼくを押し倒し、ぼくの焼いた灰色の苔ケーキを窓から放り投げ、カンカンに怒るんだ。

でもそうしたらぼくも怒るかもしれない——ハリネズミはそう思い、心臓がドキドキしてくるのを感じた。ぼくのからだの奥深くで巨大な怒りが生まれ、さけび出すかもしれない。「でもキミたちには来ないこともできたはずだろう?!」ぜんぶのハリを逆立てて。

「ぼくにはどうすることもできないんだ」と言おう。涙が目から溢れてくる——憤怒の涙だ。ゾウの鼻をつかんで窓から思いきり放り投げる。遠くのオークの木にぶつかったゾウが、「ワーッ!」とさけぶ声が聞こえてくる。そうしたらぼくはこうさけぶ。「ごめんよ、ゾウ、でもぼくはいまこれほど怒ってるんだ!」それからほかのどうぶつたちもぶん投げてやろう。キリンのツノをつかんで、クマの耳をつかんで、カワカマスとコイの尾をつかんで、コオロギの触角をつかんで、カエルのケロケロ鳴く声をつかんで。さいごにはみんなが木にひっかかるか、海に流されていくまで。みんなが嘆いている。「ハリネズミよ、ハリネズミ……なんてことをしでかしたんだ……」「最善のことだよ!」とぼくはさけび返すんだ。「ぼくは最善を尽くしたんだ!」そしてぼくは玄関のまえの草の上にすわってすすり泣き、後悔する。怒りたくなんてないのに怒ってしまったことを。

怒りは不必要な悪だ、とアリが一度話したことがあった。アリ自身はけっして怒ることがなく、みんなに怒らないよう忠告していた。状況にもよるけれど、とぶつぶつ言いながら歩き去るアリに、「どんな状況?」とハリネズミはさけんだのだが、その声はアリには届かなかった。

みんな、ぼくのことを許してくれるだろうか?とハリネズミは思った。もう二度とあそびに来てくれないだろう。百回招待しても、部屋の飾りつけをしてケーキを百個用意しても、合唱団

52

がふたつ来ると書いても。

ハリネズミはためいきをついた。

いや、それはありえない。みんながガッカリして、テーブルと椅子、ベッドとぼく自身を窓から放り投げたとしても、ぼくは怒らないはずだ。でも後悔はするだろう。だれもぼくを訪ねてこないときとおなじくらい深く。

ハリネズミはそうして窓辺の椅子にすわって考えつづけていた。手紙を送るかどうか、まだわからなかったが、最終的にどちらに決めたとしても、また迷いはじめるまでに長くはかからないことだけはわかっていた。

霧はしだいに深くなっていった。

窓をほんの少し開けてみた。

外からはなんの音も聞こえてこなかった。

森は秋で、冬の訪れが近かった。

ハリネズミは咳ばらいをし、窓を閉じて、あそびに来てくれそうなどうぶつたちについてふたたび考えはじめた。

ネズミ。ネズミは自分からの招待状をどう思うだろう？　きっと徹底的に調べて、過去に受けとった招待状と比較するにちがいない。

黒いコートを着て、あごの下に小さな赤い蝶ネクタイをつけてやって来るネズミの姿が頭のなかに浮かんできた。ネズミは自分の招待を受けたということだ。

「こんにちは、ハリネズミ！」遠くからすでにさけんでいた。「準備万端かい？」

「こんにちは、ネズミ」ネズミが目の前に立つとハリネズミは聞いた。「なんの準備？」

「ぼくの演説の準備だよ」

「なにを演説するの？」

「ぼくのキミへの訪問について、訪問全般と関連づけて。キミがぼくを招待したんだろう？　だったらぼくが自分の訪問について語らなきゃ。短い演説にするからね。ぼくが語れることの簡潔な要約に限定することを提案するよ」

ハリネズミは黙っていた。

ネズミは家のなかにはいり、あたりを見まわして、「あそこのテーブル」と指さして言った。

ハリネズミはテーブルを動かした。

「それからあそこの椅子も」

ハリネズミは二脚の椅子を部屋の反対のすみに寄せた。

「さあ、どうぞおすわりください」とネズミは言った。「お楽になさっていてください」

ハリネズミがすわるとネズミはテーブルによじのぼった。コートがからだのまわりで揺れていた。

「出席者のみなさま……」ネズミは演説をはじめた。

ハリネズミはまわりを見まわしたが、出席しているのは自分だけだった。

ネズミは紅茶を飲みたくないのだろうかと思ったが、いまは声をかけないほうがよさそうだ。

ネズミは咳ばらいをし、訪問の異なる側面《アスペクト》について語った。輝かしい陽の側面と、暗くときには運命的でさえもある陰の側面について。深刻な誤解、落とし穴、高い緊張をともなう期待、つねに新しくなる見解とそのなかにある驚きをともなう洞察について。ネズミは自分の論考をいくつかの痛ましい事例を挙げて明確にした。訪問から混乱してもどり、以後、あらゆる勇気を失ったどうぶつたち、例外的に無礼にふるまったどうぶつたち、理由もなくすすり泣きをはじめ、服をやぶって泣くあまり、からだの奇妙さが露呈してしまったどうぶつたち。そのほかにもさまざまな例があった。

演説終了後は出席者との質疑応答だった。

ハリネズミはネズミに紅茶を飲みたいか、たずねた。

「あなたの興味深い質問によろこんでお答えしましょう」とネズミは言った。「大変よろこんで

ごちそうになります。まことにありがとうございます。その他の質問はありませんか？　それではこれをもちましてわたくしの演説を終わりとし、本来の訪問の開始とさせていただきます。ご清聴、ありがとう、ありがとう！」

四方にむかっておじぎをし、これほど熱心な聴衆はめったにいない、そしてデリケートでセンセーショナルな演説をしたにもかかわらず自分はうぬぼれていないと言った。傲慢さには縁がないのだと、軽いためらいの混じった声でつけ足した。

紅茶の用意ができた。

「おつかれになったことでしょう」とハリネズミは言った。

「いや……」とネズミは言った。「疲労については次回、お話ししましょう。それに関しては語ることが非常に多いので……」そして自分の顔の前のなにかを手のひらで払うようなしぐさをした。

ハリネズミはまだたくさん質問をしたかったのだが、ネズミが自分ののどを指してささやいた。

「声の出しすぎに注意しなくてはならないので」ハリネズミはうなずいた。

何時間もたち、ハリネズミの貯えていた食糧がすべてなくなり、沈黙がほとんど堪えがたくなったとき、ネズミはようやく家路についた。

53

フクロウ――ネズミのことが頭から消えたとき、ハリネズミは思った。フクロウはきっと来ないにちがいない。でも返事はよこすだろう。

親愛なるハリネズミ、
招待してくれてありがとう。
ぼくは行きません。
だれかを訪ねるためには
越えなくてはならない障害が
道に多すぎるからです。
(道というのはぼく自身の道のことです、
あしからず。)
暗闇。だれかに姿を見られたくないので。

紅茶。紅茶は嫌いです。

会話の題材。ほかのどうぶつが好んで話すようなことについて話す気にはなりません。

到着と暇《いとま》のさいの挨拶。未習得です。

ところでキミは〈存在〉についてどう思っていますか？

大きいか小さい、どちらだと思う？

ぼくはいまそのことについて考えています。

キミの意見を聞かせてくれますか？　ただし手紙で。

招待にお礼を述べます。

フクロウ

手紙を読んだハリネズミはフクロウの質問について考えるだろう。〈存在〉は大きいか小さいか……。

おそらく小さいはずだ、とハリネズミは思った。あまりに小さくて、目に見えないかもしれない。それだ！　だからそういうものを見ることがないんだ――〈人生〉も〈幸福〉も……それらはみんな、見るには小さすぎるんだ。だれもそれらを見ないのだから！

それからハリネズミは一度、アリが自分に話してくれたことについて考えた。〈死〉だ。

それも小さいものだ。もしかしたら存在するもののなかでもっとも小さく、もっとも取るに足らないものかもしれない。

フクロウのようにいい目をもっていたら、もしかしてもしかしたら、極度の集中力をもってすれば〈人生〉と〈幸福〉を見ることはできるかもしれない。それでも〈死〉を見ることはできないのだ。だからみんな〈死〉は存在しないと思っているのだ。だが〈死〉は存在するとアリは言っていた。推定上は。

〈推定上〉……とハリネズミは思った。それは〈万一の場合〉のようなものだろう。〈死〉は万一の場合には存在する。

あのとき、アリは肩をすくめて、死について考えるといつも肩をすくめるのだ、と言ったが、ハリネズミは身震いしてしまった。〈死〉について考える必要はまったくないんだよ、と言って咳ばらいをすると、アリは立ち去った。

フクロウは訪ねてこないだろう、とハリネズミは思った。そして〈存在〉については考えないし、ましてや〈死〉についてなどけっして考えないと決めた。それがうまくいくか、ハリネズミは興味津々だった。

54

みんなを招待して、みんながやって来てはまた帰っていったり、訪問しないとか都合が悪いとか知らせてきたとしても、カタツムリとカメはまだずっとこちらに向かう途中だろう。

カタツムリとカメの姿が頭に浮かんできた。カメが振りかえり、カタツムリが立ち止まっているところだ。

カメがためいきをついて聞いた。「よかったらぼくの甲羅の上に乗る？」

「キミの甲羅の上に?!」カタツムリはさけび、大きく目を見開いた。

「そうしたら先に進めるから」とカメは言った。

「それで？　きっとカーブを曲がりそこねるよ。オレは甲羅からころげ落ちて木に衝突するにちがいない。オレのカラが壊れて、そうなったらキミは当然、またスピード違反をしてしまったが、そんなつもりはなかったんだと謝罪するだろう。だがキミはそんなつもりだったんだよ、カメ。いつでもそんなつもりなんだ！」

「カーブを曲がりそこねるつもりはないよ」

「どっちだっておなじだよ。どうせキミはキミのその速い声で、バラバラになったカラを修繕しようと言うんだから」

「修繕してほしくないの？」

「ますますひどくなるだけなんだよ！　まるでオレが廃墟に住みたいみたいじゃないか……廃墟の前に〈急がばまわれ〉って看板が立ってるんだ……それが廃墟の名前なんだよ。その看板の横には〈カメのせい〉って書かれた看板もある」

カメはじっと黙っていた。

「オレは自分のテンポでいくよ」とカタツムリが言った。

「それはじっと立ち止まってるっていうこと？」

「それはオレのテンポの一部なんだよ」

カタツムリとカメはしばらくずっと立ち止まっていた。

「これじゃあ、いつまでたっても着かない」とカメが言うと、「目をぎゅっとつぶったら、オレはもうそこにいるんだ」とカタツムリが言った。

カメはしばらく考えていた。

「キミにはハリネズミの姿が見えるの？」

「ああ」

「どんなふうに見える？」

「灰色で、大きな耳と長い鼻がある」

「それはゾウだよ」

「ゾウ、ゾウ……またキミの〈ゾウ〉がはじまったよ。キミはハリネズミがどんな姿か知ってるのか？」

カメはまたしばらく考えてから言った。「いや、知らない。でもちょっと急がなきゃ」

「急がなきゃ！　そうだよな！　ますますすばらしいことになってきたぞ！　鉄砲玉にでもなるか?!　いっそ飛んでいきゃどうだ?!　あっという間に着いちまうぞ！」

「翼がないんだ」

「だったら翼が生えてこなきゃダメだな……翼のついたキミ、見物だな！」

「生えてなんかこないんだよ……じゃあもう帰ろうか？」

「帰ろうか……またキミの〈帰ろうか〉がはじまった……なんでキミはいつもなにか言う前にちゃんと考えないんだ？」カタツムリは咳ばらいをした。「ちゃんと考えたら、キミはもう二度となにも言わないはずだ」

カメは黙り、もうカタツムリには金輪際なにも聞かないと決めた。ハリネズミの家の方角からかすかな、だがしだいに大きくなる騒ぎが聞こえてきた。いまみんなでケーキを切っているところだ、いまケーキを味わっているところだ、とカメは想像した。これから訪問がいちばん盛り上がるところだ。

カメは深呼吸をして、カタツムリを振りかえった。

55

あるいはカメだけが訪ねてくるかもしれない、とハリネズミは思った。

カメがドアをノックする音が頭のなかに聞こえてきた。

「どなたですか？」

「ぼくだよ、カメ」

「どうぞはいって」

「ぼくたち、キミの招待状を受け取ったよ、ハリネズミ」カメが言った。「カタツムリとぼく」

「いっしょに来なかったの？」

カメが首をふった。「うん、すべてがカタツムリには速すぎたんだ」

「えっ？」

だがカメはふたたび首をふった。「おかしいだろう？　でも友だちだから」

「いまどこにいるの？」

「どこかでぼくを待ってるよ。キミによろしくと思ってるにちがいない。思いやりがあるからね」

ハリネズミは紅茶を淹れた。

長いあいだ、ハリネズミとカメは黙ったまま紅茶を飲んでいた。

カメはかなしげにティーカップのなかを見つめていた。「ぼくはカタツムリには速すぎるんだ。あまりにも速すぎる。あいつは緩慢の驚異なんだよ、ハリネズミ。それなのに、いまもまだどんどん遅くなっているんだ！」

またしばらく黙っていてから咳ばらいをして、カメは最近、自分がカタツムリに稲妻と比較された話をした。

「キミもそう思う？」とカメはたずねた。「さっきぼくが入ってきたときとか……きっとカタツムリの言うとおりなんだろうね」カメはまた咳ばらいをした。「ぼくは悪天候なんだよ、カタツムリの言葉を借りると。嵐なんだ。そう呼ばれることもあるんだ。甲羅のついた嵐って」カメはハリネズミを見つめ、ぐっとこらえて言った。「いっしょに来られたらよかったのになあ、カタツムリもとても楽しんだはずだ……ぼくたちがいっしょにいたら、嵐も吹きとばして世界でいちばんいい天気になるんだ」カメは深く息を吸った。「そうしたら、ぼくたちは永遠だ」

カメの目に涙が浮かんできたのを見たハリネズミは、これがほんとうの友だちなんだ、と思った。

「なにかカタツムリにもっていく？」ハリネズミは訊いた。「なにかおいしいものとか」

だがカメは首を横にふって言った。「自分だけで十分だって。カタツムリはいつもそう言ってる」

「なにもほしくないの？」

「静止」とカメは言った。「なにもかもが静止していること。自分だけでなく、ぼくも、世界中のみんなも」

カメとハリネズミは深いためいきをついて同時に思った——でもそれは不可能だ、と。カメはそれが不可能なだけでなくひどく嘆かわしいことだとも思い、ハリネズミのほうは残念だけど、もしかしたら残念でないのかもしれないと思っていた。

それからカメは帰ることにした。「あいつのところにもどるよ」と言って、ゆっくりと向きを変えた。「ぼくのことを待ってるよね？」とカメがささやくのをハリネズミは聞いた。「すぐもどるよ。友だちだろう？　これ以上ゆっくりは歩けないんだ。ごめんね……」

ハリネズミは玄関に立ってカメが慎重に灌木の茂みに這っていくのを見ていた。

それから部屋にもどると、自分を孤独に感じた。

56

もしかしたら、べつの手紙を書くべきなのかもしれない、とハリネズミは思った。

親愛なるどうぶつたちへ
キミたちのなかのだれかは
近々、ぼくのところにあそびに来る計画を
立てているかもしれません。
とくに理由はないけれど、きっと楽しいだろうと思って。
あるいは、まだぼくのところにだれも訪ねてきたことがないから
興味津々で。
終わったあとにどんな訪問だったか
みんなに話せるように。
その計画は実行しないでください。

ぼくはいっしょにいて楽しいどうぶつではないので。
ぼくにはハリもついているし、
なんの話をすればいいかもわからないし、
踊ることも歌うこともできません。
ぼくの淹れる紅茶は自分でもまずいと思うし、
戸棚にはいってるケーキは古くて灰色をしています。
自分のことをつまらないヤツだと思っています。
ぼくはつまらないヤツなんです。
だから来ないでください。

ハリネズミ

でも、こんな手紙をもらったら、かえってみんなが押し寄せることになりはしないか？　とハリネズミは思った。キミはいっしょにいて楽しいし、ハリはとてもステキだよ、とぼくに告げるために。なんの話をすればいいかはこちらがわかっているよと言ってぼくの肩を抱き、いっしょに踊るのだ。床にたおれてあちこちから血が出ても、キミはダンスがうまいね、とびきり上手だね、と言う。きっと歌もうまいんだろう、紅茶もおいしいよ、古いケーキのほうが逆に好きだし、キミはつまらないヤツじゃなくて、どんなヤツなのかはわからないけどもうすぐわかるはずだ！

と。

みんなが立ち上がり、小さくうめき声をあげながら腕を自分の肩にまわして、キミはぼくたちのベストフレンドだと言う姿がハリネズミの頭に浮かんだ。ベストフレンドでなく、二番目にいい友だちにはこんなことはできないから。ぜったいに。

ハリネズミは窓辺に立ち外を眺めた。霧は消えて雨が降りだしていた。

ぼくはもしかしたら自分が訪問客を望んでいないことを知るためにのみ、だれかに来てほしいのかもしれない、と思った。

窓を開けると頭を外に出してみた。雨が首に落ち、しずくがハリのあいだをジグザグに流れた。長いあいだ、そうして立っていた。

57

夜になった。寒い夜で、ハリネズミはベッドに横になって丸まっていたが、からだは温まらなかった。

外が騒がしく、雨か嵐だろうとハリネズミは思った。

だが雨か嵐ではなかった。

騒がしさが近づいてきたが、ハリネズミにはなんの音だかわからなかった。

そのときドアがバンと開いて、なにかが、あるいはだれかがなかにはいってきた。

ハリネズミはそちらを見たが、真っ暗でなにも見えなかった。

「どなたですか？」と恐怖におののきながら聞いた。

「バケモノだ」天井付近から声が聞こえてきた。バケモノはとても大きいようだ。ハリネズミの知るどのどうぶつよりも。

「なにしに来たんですか？」ハリネズミはたずねた。

「訪問だよ」バケモノは言った。「ほかになにがある？」

バケモノは少しずつ近づいていた。古い泥と汚い草の匂いがした。

「どうぞおすわりください」とハリネズミは言った。バケモノがすわって、これ以上、近づかないことを願って。

だがバケモノは椅子を投げ倒した。

「なにしてるんですか?!」

「訪問だよ。オマエをな。ハリネズミだろう？」

「はい」

「だったらここでまちがいない」

バケモノは椅子を蹴り、テーブルを粉々に砕き、上半身をつかって天井からランプを叩き落とした。あそこに頭があるのかもしれない、とハリネズミは思った。あるいはほかのなにかが。それからバケモノは戸棚を持ち上げ、窓から外に放り投げた。

「どうかお願いですからお引き取りください」とハリネズミは言った。

「訪問にきてるんだよ。いま入ってきたばかりだ」

「あなたのことは招待していません……」

「そうか？」バケモノは脅すように言った。「なんでだ？　みんなを招待するけどバケモノだけはしないとでも思ったのか？　それともオレが存在しないとでも？　ひそかにそう願っていたのか？」

「まだだれも招待していないんです」

「そうか？　だれも？　客に来てほしくないのか？」

ハリネズミはベッドのなるべく奥にもぐって言った。「そんなことないです。お客さんには来てほしいし、なにもひそかに願っていません。でもこう思ってたんです……」

バケモノがハリネズミの上にかがみこんだ。

「いいこと教えてやろうか？　ハリネズミ」

「けっこうです」ハリネズミは言った。

「だったら教えてやらんぞ」バケモノはうなり、歯ぎしりをして、ハリネズミを乱暴につかんだ。

「紅茶はいかがですか？」ハリネズミは言った。

そこでハリネズミはつかみ上げられ、バンと叩かれる音を聞いたあとにはなにも聞こえなくなった。

58

ベッドの横の床で寝ていたハリネズミは目を覚ました。ぼくはだれなんだろう？　と考えた。いや、みんなもだれなんだろう？　いやつまり……。

ハリネズミは部屋を見わたした。すべてがいつもどおりの場所にあった。従順に、とハリネズミは思った。動かずに。しずかに。

ひじで起き上がり戸棚までそろそろと歩いていくと、引き出しから手紙を出して細かく破った。

やっとはっきりわかった。ぼくはだれにも訪ねてきてほしくないんだ。

ほうきを出して床を掃き、冬に備えてたくわえた食糧を戸棚を開けて確認し、ベッドを整えるとふたたびテーブルにむかってすわった。

頭を腕にのせて目をつぶり、しばらくそうしていることにした。もうだれも邪魔することはないだろう。

そのとき、ドアをノックする小さな音がした。

ハリネズミはとっさにからだを起こし、目を開けた。だれかが玄関のドアをたたいている！

だれのことも招待していないのに?!

またドアがノックされた。

「だれ？」とハリネズミは聞いた。

「ぼくだよ」と声がした。「リス。入れてくれる？」

「なんで？」

「わからない。ただなんとなく。だれか訪ねてきたらハリネズミが喜ぶかもしれないって思ったんだ」

ハリネズミは深呼吸をして左右を見てから立ち上がり、ドアを開けた。

リスがなかにはいってきた。

「こんにちは、ハリネズミ」

「こんにちは、リス」

「ちょっとおじゃまするだけだよ」

ハリネズミとリスは多くの言葉は交わさずにテーブルに向かいあってすわった。

リスはブナの実のハチミツをもってきていた。ハリネズミが食べたいんじゃないかと思ったの

だ。

「そのとおりだよ」とハリネズミは言って、自分は戸棚からアザミのハチミツを出してきた。特別な機会のためにとってあったのだが、いまがそのときだった。

ハリネズミとリスは紅茶を飲み、ハチミツを舐め、ときどきうなずきあった。

午後が過ぎていくにつれ、リスもハリネズミも時間が止まればいいのに、と思った。あるいはカミキリムシがその日偶然、一秒を一時間に、一日を一年に変えればいいのに……そして紅茶とハチミツがいつまでもなくならなければいいのに、と。日が暮れ、窓の外に雪が降りはじめたのを見ると、ずっと雪が降りつづくことを願った。ドアが開かなくなって、リスが冬じゅう泊まらなければならなくなるように。

ハリネズミもリスもそうなってもかまわないと思っていた。そうなったときのことを考えたら、もうなにもいやなことはないように感じた。

こうしてハリネズミは、冬のはじめのある日、予期せぬお客をむかえた。

59

ハリネズミは眠っていた。

部屋のすみにあるベッドで丸くなり毛布をかぶって。夢は見ていなかった。

外は真っ暗だった。

吹雪いていて、かつてないほどかたく凍りついていた。

嵐が雪と氷を連れて乱暴に押し入り、ハリネズミもろとも家を凍らせ、深い雪で覆ってからすさまじい速さで森の上を流れる雲まで吹き飛ばし、世界から追いだそうとしているようだった。

だがそこまでの力は嵐にもなかった。

真夜中にハリネズミは目を覚ました。吹雪のすさまじさは頂点に達していた。家がミシミシ、ガタガタ、ピーピーと音をたてていた。でもハリネズミは怖くなかった。ほんとうに家に入ってきたらハリを逆立ててやる。そうしたらやつらは退くはずだ。自分のハリは支えであり、頼みの綱だった。〈頼みの綱〉がなんなのか、わからなくてもそうなのだ。

毛布にいっそうしっかりとくるまり、ハリネズミは自分の知るあらゆるどうぶつたち——森の

なか、砂漠、海の真ん中、川底、地面の下、空高くにいるどうぶつたちのことを考えた。

みんなが、招待しないでくれてありがとう、という手紙を書いていた。みんなキミの友だちだし、これからもずっと友だちでいつづけるから、訪ねる必要はまったくない、と。

リスだけがちがう内容の手紙を書いていた。「とっても楽しかったね、ハリネズミ」そしてその下には「また会おうね！」と。

ハリネズミはぎゅっと目をつぶって深いためいきをついた。また会おうね……それはハリネズミの知るもっともすてきな言葉だった。

それからハリネズミは眠りに落ち、冬じゅう眠りつづけた。

訳者あとがき

本書はオランダの作家、詩人であるトーン・テレヘンによる『ハリネズミの願い』（*Het verlangen van de egel*, Querido, 2014）の全訳である。テレヘンは、医業のかたわら、三十年以上にわたって、子どもたちのためにどうぶつを主人公とする絵本や物語を書きつづけてきた。本書は、近年大人向けに発表している〈どうぶつたちの小説〉シリーズの一冊である。

トーン・テレヘンは、家庭医の父親、子ども時代にロシア革命に遭い、両親とともにオランダに移住した母親のもと、南ホラント州、フォールネ・プッテン島にあるブリーレ（デン・ブリール）に生まれた。三歳のときに祖母に連れられはじめて島を出て、森のなかの小屋で夏を過ごした。ブラックベリーのおいしさに驚いたことや、一度も聞いたことのなかった電車の音を、夜、ベッドのなかで聞いたことをなつかしく思い出すという。

ユトレヒト大学で医学を修めたテレヘンは、妻と幼い息子、娘とともに、三年間、マサイ族の医師としてケニアに赴任した。娘はケニアで誕生したという。まだ若い日々に、言語でのコミュニケーションがままならない異文化の人々と向きあった体験は、テレヘンの深い洞察力の土台となったのではないだろうか。帰国後はアムステルダムで開業し、家庭医として人々の診療に長くあたってきた。

一九八四年、娘にせがまれてつくった物語をベースに、初の著作、『一日もかかさずに』(*Er ging geen dag voorbij*)を刊行。以後、五十冊以上におよぶどうぶつたちの物語を発表している。どうぶつたちはみなおなじ大きさ／おなじ種類のどうぶつは複数、登場しない／人間は出てこない／物語のなかではだれも死なない——これら四つのシンプルな規則をもうけ、それ以外はなんでも起こりうるのがテレヘンの物語だ。(二〇〇〇年にメディアファクトリーから翻訳刊行された『だれも死なない』という邦題は、この規則にちなんで、谷川俊太郎さんが名づけてくださった)。

子ども向けの作品であるにもかかわらず、ときにどうぶつたちが抽象的な概念について語りあう哲学的な物語は、当初から大人にも人気で、結婚式や葬儀など、人生の節目で朗読されてきた。——なんにでも疑問を抱く心やさしいリスと物知りで気むずかし屋のアリは特別な友だちどうし。ある読者が、ケンカした恋人と仲直りをしようと、「アリ」とつぶやいたら、「リス」と返ってきた。のちに二人は結婚し、結婚指輪に〈アリ〉〈リス〉と刻んだ、というエピソードもある。

さて、本書『ハリネズミの願い』の主人公は、自分に自信のない臆病で孤独なハリネズミ。みんなにあそびに来てもらおうと「キミたちみんなを招待します」と手紙を書いてはみたものの、だれかが来ると思うだけで不安になり、「でも、だれも来なくてもだいじょうぶです」と付け足してしまう。しかも結局、出さないことにして、手紙は引き出しのなかへ。

ハリネズミの頭のなかで起こる想像上の訪問が、五十九の短い章でつぎつぎと語られてゆく。食いしん坊のクマやうれしくもない小型噴水をおみやげにくれるクジラ、勝手に部屋を半分に分けてしまうビーバー、警戒心がつよくて少しも訪問を楽しめないミーアキャット……みんないかにもそのどうぶつが言いそうなセリフを口にし、身勝手だが憎めない。テレヘン自身も、本書でカタツムリとともに名コンビぶりを発揮するカメのことが、年々ますます好きになるそうで、「なにを言われてもぜったいに怒らない、カメみたいな人は実際いるよね。そして、なんに対してもつねに怒っているカタツムリのような人もね」と愛おしそうに語っていた。

ハリネズミは自分のからだのハリにコンプレックスを抱くと同時に、そのハリこそが自分という存在の根源であり、誇りでもあるように感じている。読者の共感をよぶその複雑で繊細な感情は、自分で味わったことがある人でないと描けないだろう。テレヘンが絶大な信頼を寄せるケリド社の担当編集者、パトリシア・デ・フロートさんによると、「これはトーンが自分自身を描いた物語。もちろん、出てくるのはどうぶつたちだし、トーンは社交的で友だちもたくさんいるけれど、心もとないハリネズミは彼そのものだと思う」とのこと。

けれどもテレヘン自身は、「どうぶつたちは想像のたまもので、まわりのだれにも、自分自身にも似ていない」とこれまでの数少ないインタビューで語っていた。先日お目にかかったとき、「もしもだれかがこの本のことを『著者が自分を描いた作品』、と言ったとしたら、どう思いますか？」とおそるおそる聞いてみたら、「そうかもしれないね」と拍子抜けするくらいあっさりと答えがかえってきた。医師であり、詩人であり、多くの人びとに愛されるすばらしい物語を書ける人が、どうして自分を心もとなく感じるのだろうか。失礼を承知でたずねてみると、「それは名声によってなくなるものではないんだよ」と真面目な顔で答えてくれた。

デビュー以来、トーン・テレヘンの本を刊行してきたアムステルダムのケリド社は、二〇一五年十一月に創業百周年をむかえた老舗の文芸出版社だ。昨年の百周年記念事業として、ケリド社は社会民主主義者だった創始者、エマニュエル・ケリドの遺志にならい、著名人を招いた祝賀パーティーを開くのではなく、オランダとベルギー、フランダース地方のすべての書店にテレヘンの本を十万冊、無料で配布することにした。十歳から百歳までの読者に楽しんでもらえるように、という趣旨でどうぶつたちの物語を選りすぐり、『本日、誕生日にあらず（*Heden niet jarig*）』というアンソロジーをつくって読者へのプレゼントとしたのだ。テレヘン文学がいかに多くの人に支持され、愛されているかが伝わってくる。

家庭医としての多忙な日常を離れたフランスでのバカンス中に、テレヘンは物語を書きためてきた。そして、それを長年、翌年の週めくりカレンダーに仕立て、ケリド社の全社員と友人たちに贈りつづけてきたのだという。本書も二〇一四年のカレンダーにいくつかの章を書き足してできている。「週めくりだから、かならず五十二の物語を書かなきゃならないんだ。大変だけど、いつも数がそろうんだよ」とテレヘンは笑いながら語っていた。

一九九〇年、ロッテルダムの国際詩祭、ポエトリー・インターナショナルでボランティアをしたとき、わたしははじめてトーン・テレヘンと出会った。当時、いただいたカレンダーは、A4の薄い紙を赤と白のタコ糸で自ら綴じた簡素なもので、きっといまでは印刷された立派なカレンダーになっているだろう、と想像していたのだが、本書の翻訳中にお目にかかった翌々日、届いた封筒をあけておどろいた。「きのうはいろんな話をして楽しかったね！」とのびのびとした字で書かれた手紙とともに出てきたのは、昔となにひとつ変わらない、赤と白のタコ糸で綴じられたカレンダーだったからだ。

インタビュー嫌いで有名なテレヘンだが、舞台での朗読は好んでおこなう。二〇一六年三月、アムステルダムの劇場〈デ・クライネ・コメディ〉でおこなわれた音楽と朗読の公演では、どうぶつたちのどんな無理な注文にも応えるべく、なんでも品揃えした店を営むキリギリスの物語『キリギリスの幸福』が演じられた。この作品のためにつくられた音楽はそれぞれの場面にぴったりで、ときに会場全体が笑い声につつまれた。小学生から杖をついたおじいさんまでが集うにぎやかであたたかな会場には、頭のなかで味わうのとは一味ちがった物語の楽しみ方があった。

六十七歳までつづけた医師の仕事、詩や物語によって人の心を豊かにすること、音楽家との共演——そこには、メディアに露出するといった表面的な方法ではない、社会との深い関わりが感じられる。本書に〈ありのままの自分を認める〉というメッセージを感じた、と言ったら、「それは読者が感じること。ぼくは書き終えた本のことはほとんど考えない。これから書く本のことだけを考えているんだ」と淡々とおっしゃっていた。

はじめて試訳を読んでいただいた二十五年前から、「ぼくが一生かかっても書けない、かわいくて怖い童話」と評して励ましつづけてくださった谷川俊太郎さんと、夢中で一気に訳した原稿を読んで、出版を快諾してくださった新潮社の須貝利恵子さんに心からお礼を申し上げたい。ありがとうございました。

絶版となってしまった『だれも死なない』をいつかまたより多くの人に読んでもらいたい、との思いから、オランダまで来てくれた渡邊直子さん。彼女のおかげでテレヘンさんと再会でき、本書に出会うことができた。遠くまで訪ねてくれてありがとう。見たとたん、心が震えるようなハリネズミの絵を描いてくださった祖敷大輔さんと、すてきな本に仕上げてくださった新潮社装幀室の望月玲子さんにも心からお礼を。

三十年近いオランダでの暮らしを支えてくれた日本とオランダの家族と友人たち。深い感謝の気持ちをこの本に込めて。そしてだれより、ポエトリー・インターナショナルの帰りの電車のなかで、まだオランダ語もおぼつかないわたしとおしゃべりしてくれ、物語の力でわたしのオランダ暮らしによろこびをあたえてくれたテレヘンさんに、心から感謝している。

オランダで生まれたハリネズミの物語が、多くの日本の読者に届くことを願って。

二〇一六年六月一日　アムステルダムにて

長山さき

HET VERLANGEN VAN DE EGEL
Toon Tellegen

ハリネズミの願《ねが》い

著 者
トーン・テレヘン
訳 者
長山さき
発 行
2016年 6月30日
30刷
2018年10月30日
発行者　佐藤隆信
発行所　株式会社新潮社
〒162-8711 東京都新宿区矢来町71
電話 編集部 03-3266-5411
読者係 03-3266-5111
http://www.shinchosha.co.jp

印刷所
株式会社精興社
製本所
加藤製本株式会社

乱丁・落丁本は、ご面倒ですが小社読者係宛お送り下さい。
送料小社負担にてお取替えいたします。
価格はカバーに表示してあります。

ISBN978-4-10-506991-9 C0097